ギフト争奪戦に乗り遅れたら、ラストワン賞で最強スキルを手に入れた 3

A L P H A L I G H T

みももも
Mimomomo

アルファライト文庫

登場人物紹介
アカリ
SSレアのギフト「神霊術《シャーマン》」を持ち、イツキとともに行動する。
イツキ
本編の主人公。
Cランクの「洗浄魔法《ウォッシュ》」を得たせいで、周囲からは「皿洗いの勇者」として有名になる。
シオリ
Bランク「図書館」のギフトを得た少女。

杖《つえ》突《つき》宏《ひろ》介《すけ》
齢《よわい》八十八の老人。
真の勇者。
ユータ
イツキの存在を
目のかたきにする
赤髪の勇者。
ハルト
Sレア「忍者」。
言葉遣《づか》いもギフトに
あわせている。
ティナ
第二次勇者召喚《しょうかん》で
やって来たお姫様。

目次

第一章　魔剣の鬼

最低ランクの洗浄魔法と、ラストワン賞だった「聖剣／魔剣召喚《ぶきしょうかん》」。この二つのスキルを持つ俺――明野樹《あけのいつき》は、魔王子の呪いによって石にされていた。そんな俺を、第二次勇者召喚でこの世界に来たティナさんが助けてくれた。他にそばにいたのは、俺を見守ってくれていた猫だけ。

洞窟《どうくつ》の中にいた俺たちは、地上に戻り、仲間たちと合流することにした――

ティナさんは、洞窟の天井に開いている地上への裂《さ》け目から戻るつもりらしい。

洞窟から地上の裂け目まではかなり高さがあったはずだが、「ロープでも張っておいてくれたのか？」と聞いたら「私のギフトでどうにかしますよ」とのこと。創造《クリエイト》のギフトを使って、階段のようなものを作るつもりなのかもしれないけれど、詳《くわ》しくは実際に見ての楽しみということになった。

洞窟の中は、そこかしこにいる鬼火《オニビ》たちのおかげで、かなりの明るさが確保されている。

俺が最初に来たときと比べても、かなり明るい。

そんなことを考えながら歩いていると、どこからか、ささやき声が聞こえてきた。

「あれ、もしかしてイツキじゃない？　変なのが二人いるけど……大丈夫かな？」

「ほんとだ！　イツキだよ！　小さいのと大きいのは、イツキが連《つ》れてるなら大丈夫でしょ。おーい、イツキー！」

声の主は二体のオニビだった。

俺を知っているということは、以前会ったことがある個体のはずだが、だとすると記憶より大きくなっているように見える。

「オニビたち、元気だったか？」

話しかけたところ、「やっぱりイツキだー！」「イツキが帰ってきたー！」と、その二体のオニビがゆらゆらと近づいてきた。

どうやら、俺の知っているオニビたちで間違いない。

「なんていうか、でかくなったな。見違えたぞ」

「うん！　洞窟《ここ》が安全になったから、みんなで燃料《しょくじ》を集めたの！　そしたらこんなに大きくなっちゃった！」

「やくそくどおり、僕たちがイツキのことをおもてなしするよ！　ついてきて！」

そういえば、以前オニビたちと別れるときにそんな話をした気もするな。

本当は、今すぐにでも人間界に戻って勇者たちと合流したいのだが……少しぐらいなら大丈夫だろう。

「ティナさん、少しだけ寄り道をしたいんだが、いいか？」

「私はいいですよ。ところでアケノは、この魔霊《まれい》たちと知り合いなのですか？」

「知り合いというか、以前一度話したことがあるぐらいだけどな。猫も、それでいいよな？」

「問題ないにゃ！　それにしてもこの、オニビとか言ったにゃ？　魔力が豊富でおいしそうだにゃ」

猫の言葉を聞いて、オニビたちは「ひえっ」とおびえてしまう。

「おい、冗談《じょうだん》でもそういうことを言うな……冗談《じょうだん》だよな？」

「にゃ、にゃー」

オニビたちは、ようやく悪魔とやらの恐怖から解放されたというのに、今度は地上から来た猫の魔物《がいらいしゅ》に食い荒《あ》らされるのでは、あまりにも不憫《ふびん》すぎる。

さすがに本気で言っているわけではないと思うが……念のため、今後猫からは目を離《はな》さないでいることにしよう。

オニビたちは複雑《ふくざつ》に入り組んだ洞窟をずんずん突き進んでいくので、俺たちは岩の隙間《すきま》を縫《ぬ》うようについていくはめになる。

そのまましばらく歩くと、やがて広い空間にたどり着いた。

空間の中心には大きな炎が立ち上っている。

炎の色は青白く、目が眩《くら》むような光の強さの割に、熱はほとんど感じない。

おそらく、実際に何かが燃焼しているのではなく、魔力か何かが光っているだけなのだろう。

炎の周りには、オニビが何十体もふわふわ浮いている。

「アケノ、すごいですね。ものすごい魔力が集まっています……」

ティナさんは、炎の様子を見てポツリと呟《つぶや》いた。

「そうなのか？　俺は見ても分からんが」

「はい。どうやらこのオニビという生命体は、物質を魔力に還元《かんげん》する、分解者の性質があるようです。川から流れてきた流木などを元に、魔力を生成しているのでしょうが、それにしてもこの魔力量は……」

要するにこのオニビたちは、バクテリアが生き物の死骸《しがい》を分解して養分にするのと同じように、いろいろなものを魔力に変換しているらしい。

「イツキ！　見て、すごいでしょ！　僕たち、こんなに大きくなったんだよ！」

「悪魔がいなくなったから頑張《がんば》って集めて、そしたらこんなに大きくなったんだ！　……ちょっと待っててね」

そう言うと、案内してくれたオニビたちは、炎の中へ飛び込んでしまった。

残された俺たちは、同じように飛び込むわけにもいかないので、もう少し炎の様子を観察することにした。

炎のゆらめきは壁《かべ》に反射して、幻想的な光景を俺たちに見せてくれる。

そんなこんなで何事もなく三分ぐらい経過した。

何もせずにじっと待つ時間というのは長く感じるもので、猫はすでに飽《あ》きたらしく、地面に転《ころ》がっている。

俺としても、早くアカリやシオリと再会して無事を伝えたいと思っているから、のんびりしている時間はあまりない。……とりあえず礼だけ言って、地上に戻ることにしようかな。

そう考えて、ティナさんを見ると、彼女も同じようにこちらを見ていた。

「アケノ、それではそろそろ、行きましょう。確かにこれは綺麗《きれい》で、美しいものを見せてもらいましたが、私たちにはあまり時間が……」

「そうだな。オニビたち、ありがとう。俺たちはもう行くことにするよ。この世界が平和になったらまた来るから、そのときはゆっくりさせてほしい」

俺たちを案内してくれたオニビたちは炎の中に飛び込んでしまっているので、代わりに、周りでうろうろしている別のオニビたちに声をかけ、その場を立ち去ろうとする。

するると、オニビたちは出入り口の方に回り込んで、俺たちの帰り道を塞《ふさ》いでしまった。

「ま……待って！」

「もう少し、待って！」

「二人が出てくるまで待って！」

どうやら、オニビたちは勇気を振り絞《しぼ》って、俺たちを足止めしているようだ。

「イッキ、もうこいつら、食っちゃうべきだにゃ！」

「猫は少し黙《だま》ってて。……ティナさん、どう思う？」

「私たちを罠《わな》に嵌《は》めようとしているのでしょうか。そういう様子は見られませんが……アケノがしたいようにすればいいと思いますよ」

「ティナさんがそう言ってくれるのなら、あと少しだけ待ってみようかな」

オニビたちは恩を仇《あだ》で返すようなやつらじゃないだろうし、急いで人間界に帰りたいとはいえ、一刻を争《あらそ》うほどではないから。

そういうわけで、その場に座り込んでから何かを話すわけでもなく五分ぐらいが経過した。

黙って炎を見続けているのに飽きてきた頃、ようやく炎の中から二人のオニビが飛び出してきた。

「お待たせ！　待った？」

「待ちわびたよ……それで、何してたの？」

「えっとね、他の炎や、偉《えら》いオニビたちと話をしてきたの！」

「思ったよりも長引いてしまって……でも、最後には僕たちの意見を通すことができました！」

オニビたちは、あの炎の中でそんなことをしていたのか。

「それで、話って？　何を話してきたんだ？」

「聞いて！　イッキ、私たち、あなたたちと一緒に旅をすることにしたわ！」

「イッキ、僕たちを、君たちの旅に同行させてください！　僕たちに、ちじょうの光景を見せてください！」

オニビには顔などないのだが、それでも二体が強い意志の宿った表情をしているように感じられた。

どうやらオニビたちは本気で、俺たちとともに地上を目指すつもりでいるようだ。

「俺たちについてくるのはいいが、地上には魔物もいるから、安全は保証できないぞ？」

「それは、僕たちがこの洞窟から出なくても同じことです。あの悪魔やその猫《ばけもの》のような存在が、いつまた現れるかも分かりません。だとしたら、イッキたちと一緒に旅をした方が、僕たちにとっては安全なのです」

つまり、種の存続のために外の世界に出るということか。

今までは生き残るために隠《かく》れて暮《く》らしていたが、それに限界を感じたから、方針を変えるのだろうか。

「本当にそれでいいんだな？　ここにはもう、戻ってこられないかもしれないぞ？」

「大丈夫。私たちに別れは告《つ》げてきたから。それに私は、不安よりも楽しみな気持ちの方が強いの！」

「僕たちのことは、あまり心配しなくていいよ。それよりもイツキ。僕たちからイツキに、贈《おく》りものがあるよ。受け取ってくれる？」

そう言って、オニビは炎の中から、オレンジがかったシンプルな短剣を取り出した。

ちょうど、聖剣《ぶき》／魔剣以外は丸腰の状態だったから、武器をもらえるのは素直に助かるものの……

「オニビたちはこう言ってるけど……ティナさんは問題ないか？」

「彼らが来たいというのなら、反対はしませんが……」

「私も、こいつらを連れていくことには賛成にゃ！」

「ほう？　ティナさんはともかく、猫が賛成するのは意外な気がするな」

「だって、こいつらはいざとなったら非常食になるにゃ！」

「いや、食べるなよ？」

やはり、猫に対して注意を払う必要はありそうだが、とりあえず二人とも、オニビがついてくることには賛成してくれた。だとしたら俺も、反対する理由はない。

「分かった。じゃあオニビたち、これから一緒に地上を目指そう。外に出た後どうするかは、そのときまでに考えておいてくれ。そのまま俺たちについてきてもいいし、満足して洞窟に帰ってもいいからな……」

「やった！　みんな、僕たちはこれから、ちじょうを目指すよ！　ありがとう、イッキ！」

「イツキ、ありがとう！　私たちも、精一杯《せいいっぱい》イツキたちのことをサポートするからね！」

こうして、人間二人に猫一匹、オニビが二体という変則チームが結成された。


オニビたちを仲間に加え、俺たちはティナさんの案内に従《したが》って洞窟の川を遡上《そじょう》していく。

洞窟は編《あ》み目のように分岐《ぶんき》しているし、川も合流したり分離《ぶんり》したりと不規則に流れを変えているから、俺一人だったら確実に道に迷《まよ》っていただろう。だが、ティナさんは洞窟の全てを知り尽《つ》くしているかのように、迷うことなくスイスイ進んでいった。

そうして進むこと数十分。

「アケノ、もうじき見えてくるはずですよ」

「確かに、空気の流れが変わった気がする……あ、見えた。あれが、俺たちが落ちてきた裂け目か。遠くからでも目立つんだな」

ティナさんに言われて顔を上げると、まだ離れた場所ではあるが、天井の亀裂《きれつ》から太陽の光が差し込んでいるのが見えた。

石化が解除《かいじょ》されてからずっと洞窟の中にいたので、時間感覚が鈍《にぶ》っていたが、つまり今、地上は昼間なのだろう。

「人間、お前の故郷は、あの光の先にあるのかにゃ？」

「ああ、そうだ。あの先が人間界……つまり、俺たちはあの裂け目から落ちてきた。まあ、故郷と言えないこともないかな」

正確には、俺の本当の故郷はこの世界には存在しないのだが、ややこしくなるので説明は省《はぶ》くことにしよう。

猫に続いて、オニビたちも楽しそうに話しかけてくる。

「ということは、この先にちじょうが広がっているんだね！　……ねえイツキ、これは僕の想像だけど、もしかしてここって、勇者が悪魔を倒した『光の間』じゃない？」

「オニビの言うとおりだよ！　ほんとうに、うえから光が差し込んでる。ここで、輝きの剣の勇者が、悪魔を倒したんだよね！　すごい、私、今すごい場所にいる……いつか帰ったら、仲間のオニビに自慢しなきゃ！」

オニビたちは、観光客のようにあっちこっちにふらふらしているが、その輝きの剣の勇者というのが俺のことだとは考えもしないだろう。

まあ俺自身、実は人違いだったという可能性が捨てきれないし、今更《いまさら》名乗り上げるつもりはないが。

地上につながる裂け目が見えてさらに少し歩くと、ティナさんが立ち止まり、小声で話しかけてきた。

「アケノ、見てください。どうやら私たちの他に、誰かが来ているようです」

ティナさんが指さしている裂け目の方に視線を向けてみると、天井から細いロープが一本、垂《た》れ下がっていた。

風は吹いていないのに揺《ゆ》れている……ということは、あのロープが使われてから、まだあまり時間が経《た》っていないのだろう。

他の勇者が探索《たんさく》をしているのか？　それとも、地上に戻った誰かが、回収せずに放置しているだけなのか？

いずれにせよ都合がいい。あのロープを使えば、楽に地上に行けそうだ。

「ティナさん。せっかくだから、あのロープを使わせてもらおうぜ。猫は……その手足じゃロープは無理そうだから、俺に掴《つか》まって。オニビたちは……」

「アケノ、少し待ってください。私が降りてきたときには、あんなものはありませんでした。つまり、私が来た後で誰かが洞窟に降りてきたということです。念のために気配を消して隠れて近づきましょう！」

「あ、ああ、分かった」

ティナさんに言われて、気配を消して岩陰《いわかげ》から覗《のぞ》いてみると……そこには確かに、何かがいる。

二足歩行で言葉も話しているが、見た目は人間ではない。

どちらかといえば、魔界にいた鬼族の方が近い。いや、鬼そのものだな。

「イツキ、あれを見て！　僕たちの仲間が！」

「私たちの仲間が、捕《と》らえられているようです！　イツキ、あの子たちを助けてあげられますか？」

鬼たちは、光り輝くオニビを何体か捕まえて、鳥かごのような入れものに詰《つ》め込んでいた。

そして「げっげっげっ」という汚《きたな》い笑い声とともに「これを魔王さまに献上《けんじょう》すれば、おれっちたちも大出世だぜ！」というやりとりが聞こえてくる。

捕らえられたオニビたちは、恐怖で声を上げることもできずに、ぷるぷると震《ふる》えている。

「そういうことなら、俺に任《まか》せておけ。どうやらあいつらは魔王軍らしい。ということは、俺たちの敵だ。敵を倒すついでに、オニビたちの仲間も一緒に――」

「そういうことなら私も手伝います。いえ、ここは私に任せてくれませんか？　ギフトを試《ため》してみたいですし、レベルも上げておきたいので」

確かに、俺のレベルは50近くあるのに、彼女のレベルはまだ13しかないからな。

危険になれば俺が助けに入ることにして、ここは彼女に任せよう。

「分かった。だが、気をつけろよ」

「もちろんです。アケノはここで見ていてください！」

鬼たちを向いて片手を上げると、ティナさんはぴょんと数メートル飛び上がって、壁に足をつける。そしてそのまま、三角飛びのようにして一気に鬼たちに飛び込んでいった。

「やあああああ！」

鬼たちは、叫《さけ》び声を上げて勢いよく飛びかかってくるティナさんに驚《おどろ》いたのか、鳥かごを取り落とした。あたふたしているうちに、鬼の首が一つ飛んだ。

もう一匹の鬼は慌《あわ》てて腰の剣に手を当てるが、あまりに遅《おそ》い。ティナさんは、鬼の剣が鞘《さや》から抜けきる前に、もう一度振り抜いて、鬼の胴体を真《ま》っ二《ぷた》つにした。

残ったのは、身長の倍以上はある巨大な鉈《なた》のような剣を担《かつ》いだティナさん一人だけ。

彼女はその剣を、ぶんぶん振り回した後にぽいと放り投げる。すると、剣は粒子《りゅうし》になって消えていく。

「ふう……アケノ！　倒しましたよ、もう来ても大丈夫……」

「ティナさん！　後ろ！　まだ他のがいる！」

「えっ？」

油断していたティナさんの背後にいたのは、先ほどの三倍以上は背丈《せたけ》のある、巨大な鬼だった。ティナさんは、慌《あわ》ててステップを踏《ふ》むことで、最初の一撃はなんとかかわせたが、このままでは次の一撃をかわしきれない！

「ティナさん、その場で伏《ふ》せて！」

「え、はい！」

ティナさんは、俺の一言を信じて、伏せてくれた。

そのおかげで、俺と鬼の間に障害物がなくなった。

だが、まだ距離《きょり》がある。どれだけ急いで走っても間に合わない。だから――

「聖剣は、投げるもの！」

右手に召喚した聖剣を、思いきり投げつける。

聖剣は、俺の手を離れてブーメランのようにくるくると回転しながら、一直線に大鬼のもとへ向かい――そして、吸い込まれるように胸に突き刺さった。

「ティナさん、大丈夫？」

「その、えっと……ありがとうございます。油断していました。ところでアケノ、この剣は？」

「ああ、これがさっき話した、俺のギフトで召喚できる武器の一つ、聖剣だ」

「そうですか……これが……」

タイムリミットがあるので聖剣はすぐに消し、油断せずに周囲を確認する。

どうやら、あの鬼が落としたときに鳥かごが壊《こわ》れたらしく、捕らえられていたオニビたちは無事に抜け出すことができた。

鬼たちの死体は灰になって消滅《しょうめつ》している。他の鬼の気配はない。

「どうやら、なんとかなったようだにゃ」

「ええ。アケノに助けられましたね。ところでアケノ、ステータスカードについて質問をしてもいいですか？」

ティナさんは、レベルが上がったからポイントを割り振ろうとしたのか、ステータスカードを取り出した。しかし、少し操作《そうさ》したところで、俺に画面を見せながら尋《たず》ねてきた。

「使い方か？　だったらこうやってカードの画面をスライドすると……」

「はい、それは見てすぐに分かりました。それよりも、有効期限切れのポイントについて……私のカードは少しずつしか回復しないみたいなのですが、アケノのカードもそうですか？」

俺が苦戦したカードの使い方を、ティナは一目で見抜いたらしい。

さすがは賢者《けんじゃ》のギフトを持つだけある……って、そうじゃなくて。

「え、少しずつ回復？　それってどういう？」

ティナの言葉が気になって、俺も自分のカードを見てみる。どうやら、さっき大鬼を倒したときにレベルが上がったようだ。

そして、ポイントの画面を表示させると――

明野樹
年齢：17
レベル：53
スキルポイント：9＋10（再使用可能）＋180（有効期限切れ）

有効期限切れだったポイントが、10ポイントだけ復活している。

レベルが上がっても全てが即座に使えるわけではないが、これはありがたい。

だが結局のところ、「後でやればいい」とか考えずに、ポイントはすぐに使い切った方が面倒がなくてよさそうだ。

とはいえ今のところ、19ポイントではまともなスキルを取得できないし、もう少し回復させる必要はある。

「ティナさん、俺のはこんな感じでした。ティナさんのも？」

「はい。残念ですが、まだ使えない分が結構あります……ですが、これでポイントが入ったので、ギフトを強化できますね！」

ティナさんは、そのまま迷うそぶりも見せず、スキルポイントの割り振りをささっと済ませてしまった。

初めて使うとは思えない手際《てぎわ》のよさだ。

「アケノ、終わりました。アケノは、ポイントを使わないのですか？」

「ああ。まあ、もう少し溜《た》めてからにしようかな、と。また期限切れにならないように、適度に魔物を倒さなくちゃだが」

「それは面倒ですが、仕方ないですね」

地下にはほとんど魔物がいないから、ポイントの期限を維持するのは難《むずか》しいが、地上に戻れば魔物がいくらでもいるので、まあなんとかなるだろう。

「そういえば、もしかしてティナさんは、何にポイントを使うかあらかじめ決めてたのか？　ギフトが二種類あるから、もう少し悩《なや》むかと思ったんだが……」

俺の場合はそもそも、聖剣《ぶき》／魔剣召喚を強化するのに必要なポイントが高すぎるため、仕方なく洗浄のギフトを強化したのだが、そのときだってもう少し悩んでいた気がする。

ティナさんの場合は二つとも優秀《ゆうしゅう》そうなギフトだから、ポイントを使い切るか溜《た》めておくか、もう少し悩んでもよさそうだが……

しかし、彼女からは意外な答えが返ってきた。

「アケノ、賢者のギフトにはポイントを割り振れないんですよ。ＳＳＳレアのギフトは、レベルとともに勝手に成長する代わりに、伸《の》ばしたい方向に伸ばすことができないんです。

なので、ポイントは全て創造《クリエイト》に使えばいいのです」

「SSSレアギフトは……ってことは、勇者のギフトも、そうなのか？」

俺が聞くと、ティナさんは自信なさげに答えた。

「勇者を直接見ていないのでなんとも言えませんが、SSSのギフトならおそらく私と同じはずです」

つまりあのジイさんは、大量のポイントを使わずに溜《た》め込んでいたことになる。

それはなんか、もったいないな。

もし、ラストワンのギフトが俺じゃなくて、真の勇者に渡っていたら、中途半端《ちゅうとはんぱ》に他のギフトにポイントを振ることもなく、最強の聖剣と魔剣が誕生《たんじょう》していたのかもしれない。

だが……まあ、そんなことを考えても仕方がないか。

ティナとの話が一区切りすると、次はオニビたちが近づいてきた。

「イツキ、さっき助けたオニビたちが、イツキとその人にお礼を言いたいんだって」

「あとね、イツキが迷惑《めいわく》じゃなければ、若いオニビを二～三人連れていってほしいらしいよ。なんか、余裕があるから、ちじょう進出をかんがえてるんだって」

これ以上オニビが増えると、魔物とかから守りきれるか心配になってくるが、地上に運ぶぐらいなら別にいいか。

連れてきたオニビより少し小柄なオニビたちが、か細い声で「おねがいします！」「おねがいします！」と言っている様子が楽しげでかわいいし、断《ことわ》る理由もない。

「そういうことなら、俺は構わない。ティナさんと猫も、それでいいか？」

「私はそれで構わないにゃ！　それよりはやく地上に向かうにゃ！」

「そうですね……ではその子たちは、あの鬼たちが使っていた鳥かごに入れて運びましょうか。私はこちらのオニビたちを運びますので、アケノは猫さんと、最初のオニビたちをお願いしますね」

　ティナさんがあの鳥かごを指差して言う。

　確かに、オニビたちを上へつれていくのに道具を使うのは賛成だ。

「任された。じゃあとりあえず猫は俺の背中に掴まってもらうとして、お前たちはどうしようか」

　オニビたちを地上に運ぶ……オニビたちは見た目の割に熱は発していないから、触《さわ》っても熱くはないだろう。わしづかみにして運ぶか……あるいは、ティナさんのように何か入れものを使うか？

「イッキ！　だったら僕もイッキの背中に掴まっていくよ！　えいっ！」

「あ、ずるい！　私も！」

　あたりに何かいいものでも落ちていないかと探《さが》していると、オニビたちが背中にピタリと張りついてきた。熱くないのは分かっていたが、重さもほとんど感じないのには少し驚いた。

「アケノ！　それでは私は先に行ってますね！」

俺たちがそんなことをしているうちに、いつの間にかティナさんは地上から垂れ下がっているロープの真ん中あたりまで上っていた。

ロープは岸から離れた川の真ん中に垂れ下がっているのに、ティナさんの身体《からだ》が濡《ぬ》れている様子はない。

以前アカリたちとこの洞窟に来たときは、俺がびしょ濡れになってロープをたぐり寄せたというのに。

ロープが激《はげ》しく揺れているから、おそらく岸から飛び移ったのだろう。五メートルは離れているはずだが……さすがはレベルが上がっているだけのことはある。

ということは、ティナさんよりレベルが高い俺にも同じことができるはずだ。

「俺も行く！　それじゃあ三人とも、しっかり掴まっていろよ！」

ロープは周期的に揺れている。こちらに近づいてきた一瞬を見逃さず、思い切り飛んでロープを掴み、そのまま一気に身体を引き上げる。

先を行くティナさんは、洞窟の天井を越《こ》えたようで、すでにここからは見えなくなっていた。

俺もさっさと追いついてしまおう。そう思って、両腕に力をこめて身体を引き上げていくと、やがて懐《なつ》かしい地上の光が見えてきた。

そして、洞窟の天井を越える。

あとひと息だと思って、気合《きあい》を入れ直そうとしたところで、金属同士がぶつかる鈍《にぶ》い音が聞こえてきた。

ロープを一気に上って地上に行くと、そこではティナさんと数匹の鬼が向かい合っていた。

ティナさんは、さっきまでは持っていなかった灰色の短剣を両手に装備《そうび》していて、棍棒《こんぼう》や短剣で襲《おそ》いかかってくる鬼の攻撃を凌《しの》いでいる。

人数ではティナさんが不利なのだけど、それぞれの表情を見る限り、実態はむしろ逆のようだ。鬼たちは必死の形相《ぎょうそう》で襲いかかり、彼女は涼《すず》しい顔をして、それをあしらっている。

本来なら、すぐにでもティナさんの助けに入るべきだけれど、そうしなかったのは、そうする必要を感じないぐらいに圧倒的な実力差があったから。

むしろティナさんは、鬼相手に手加減をして、何かを狙《ねら》っているように見える……。

「イツキさま……ティナさまからごれんらくです！」

鬼とティナさんの戦いを眺《なが》めていると、足下から、ささやき声が聞こえてきた。目を向ければ、そこには小さなオニビがゆらゆらと揺れている。ティナさんが地上に連

れてきたオニビたちの一体なのだろう。

「伝言？　俺に？」

「はい！　えっと、わたしがアクヤクをやるので、イツキがセイギノミカタをやってほしい……そうです！」

「悪役……と、正義の味方？」

一体何のことだ？　正義の味方って、つまり俺は何をすればいいんだ？

さらに別のオニビがやってきた。

「追加でごれんらくです！　おにたちから、じょうほうを聞き出したいので……だ、そうです！」

「……情報を聞き出す？」

「もう面倒なので、声を直接つなぎます、だそうです！」

『……あ～、アケノ？　聞こえますか？』

オニビたちが合体して一体になると、そこからノイズの混じったティナさんの声が聞こえてきた。オニビを拾い上げて、肩に載《の》せて耳にあてる。すると、声がクリアになった。向こうにもオニビがいて、彼ら同士で魔力を共振《きょうしん》させることで、電話みたいに声を相手に届けることができるらしい。

「ティナさん、聞こえてるよ。悪役とか正義の味方とかって、どういう意味だ？」

『え～……その、彼らに少し聞きたいことがあるのですが、拷問《ごうもん》するのは手間なので……。アケノは今から鬼たちの助けに入ってください。私は適当に、やられた振りをします』

つまり、正義の味方っていうのは、今まさにやられそうになっている鬼たちから見た救世主になれってことか。

確かに俺も、魔王軍の状況とかは知っておきたいから、聞けるものなら聞いておきたいけど……

「そんなので、簡単にだまされてくれるのか？」

『彼らは、地上に見張りを残す知性がありますし、味方同士で言葉を交わすこともできるようです。でしたら、上手《うま》くやれば何か情報を聞き出すことも可能かと。失敗したら、そのときは経験値にしてしまいましょう』

そういうことなら、試してみる価値はあるのかもしれないな。

ティナさんの持つ賢者のギフトは、鬼の強さや種族名などは見ただけで分かるらしいが、鬼自身以外の情報——例えば、魔王軍の情報など——は分からないらしい。

拷問《ごうもん》して聞き出すという手もあるが、それよりも鬼たちの味方になりすまして聞き出す方が早くて確実だ。

「そういうことなら、分かった。五秒後に飛びかかるから、準備しておいてくれ」

どうやら、鬼たちはまだ俺の存在に気がついていないようだ。

だからまずは、いかにも「今来ました！」みたいな感じを演出する必要がありそうだな。

とりあえず、レベル50超《ご》えの脚力で、高くジャンプして――ティナさんと鬼たちの間に着地する。

念のため、鬼に背中から攻撃されても対応できるように注意しつつ、鬼たちをかばう形でティナさんをにらみつける。

「……？　こ、今度は一体、何ごとでげす？　おめえはいったい、誰でげす？」

「そうだな、俺は……そう、ノワールだ。お前たちが襲われているのを見て助けに来た、ただの魔族の味方だ！」

本名を名乗るわけにはいかないと思い、つい中二病《ちゅうにびょう》な名前を言ってしまった。

よく考えたら別に、鬼たちは俺のことを知らないはずだから、「イツキだ！」と本名を名乗っても問題はなかった気がするが……気にしてももう遅いか。

「ノワール……でげす？　どうして人間なんかが、おれっちたちのことを？」

「そうだな……俺は、実は魔族の血を引いているんだ。だから俺は、仲間であるお前たちがやられるのを見ていられなかったんだ！」

とはいえ、鬼たちは、そんなこと簡単には信じないだろう。何か根拠《こんきょ》になるような……そうだ！

「実はこの姿は、人間界に溶《と》け込むための仮のもので、本当の姿は……」

そう言いながら、左手に魔剣を召喚する。と同時に、魔化が始まって、俺の姿が魔族のそれへと変身していく。

「あ、あなたは一体、だれですかー！　わ、私の邪魔《じゃま》を、しないでくださいー！」

ティナさんは、魔化する俺に向かって、棒読《ぼうよ》み気味《ぎみ》な台詞《せりふ》を放つ。鬼たちは演技だと気づいていないみたいだし、俺も演技に付き合うとしよう。

「俺はノワール。この鬼たちを傷つけることは、許さん！」

「ノワール様！　やつはなかなかの強敵でげす！　お気をつけくだせえ！」

「ああ、任せておけ！　魔剣の錆《さび》にしてやるぜ！」

どうやら、鬼たちの信頼を得ることには成功したらしい。

こうして演技をしている間にも、魔剣のカウントダウンは進んでいくから、とっとと話を進めることにしよう。

「てりゃー！　えいっ！　食らえっ！」

「ふっ、はっ……とお！」

ティナに当たらないように手加減しながら剣を振ると、彼女の持つ短剣と俺の魔剣がぶつかり合って激しく火花が散《ち》る。

普通の剣であれば、魔剣の切れ味で真っ二つになってもおかしくないのに、彼女の武器は刃毀《はこぼ》れひとつない。創造《クリエイト》のギフトで作り出したものだろう。さすがは俺と同じラストワンのギフトと言ったところか。

とにかく、派手《はで》に火花が飛び散っているおかげで、鬼たちは、これが演技だと気づいていないようだ。そろそろ決着をつけることにしよう。……いや、決着って、どうやってつければ？

『アケノ、私の身体をぶった斬《ぎ》ってください！』

「え、でもそんなことしたら、ティナさんも無事では……」

『実は、この身体はすでに創造《クリエイト》で作成したダミーに置き換《か》えてあるのです。なので遠慮《えんりょ》は不要ですよ！』

そういうことなら……

俺が、わかりやすいように「隙《すき》あり！」と叫《さけ》んで、魔剣を思い切り突き出すと、剣はティナさんの胸に吸い込まれ、そのまま貫いた。

彼女の身体はボロボロと崩《くず》れ落ちて、土に戻っていく。

『どうですか？　上手くいきましたか？』

耳元のオニビからは、倒したはずのティナさんの声が聞こえてくる。どうやら、少し離れた場所からこちらを窺《うかが》っているらしい。

鬼たちの様子を確認すると「やったでげす？」「やったでげす！」と、手を取って喜び合っている。こんな演技でも上手くいったようだ。

「どうやら、うまく騙《だま》されてくれたみたいだ。……これから、どうする?」

『とりあえず、護衛《ごえい》のためとか適当に言って、彼らに同行してください。アジトをあぶり出しましょう。アケノ、お願いできますか?』

ティナさんも、あまり深く作戦を考えているわけではなさそうだ。これは、臨機応変《りんきおうへん》に対応する方が大切だ。

「了解。上手くいくかどうかは分からないけど、とりあえず試してみる。それじゃあまた後で」

『ではアケノ、上手く鬼たちを説得してください。私たちは、気づかれない距離から見守ってますね』

『私も応援しているにゃ! あと、もう少しゆっくり動いてほしかったにゃ!』

ティナさんの声に交じって、猫の声も届いてくる。どうやらいつの間にか振り落としていたらしい。

そして、それっきりティナさんからの声は聞こえなくなった。

とりあえず黙っていても何も進展しないから、鬼たちに話しかけてみることにしよう。

「あー……ところでお前たちは、こんな場所で何をしていたんだ?」

声をかけると、二匹の鬼は騒《さわ》ぐのをやめ、真面目《まじめ》な顔で俺の方に向き直った。

「おれっちたちは、隊長《キャップ》に言われて、この紐《ひも》を見張っていたでげす」

「キャップ……？　そうか。これを見張っていたのか。それで、そのキャップっていうのは？」

「キャップはしばらく前にこの穴を降りて……連絡がないでげす。きっとあの人族に、殺されたんでげす……」

状況から見て、この鬼たちの言う「キャップ」とは、俺たちが地下洞窟で倒した大きな鬼のことだろう。騙《だま》すのは少し心苦しいが、今はそのことは黙っていよう。

「そうか、それはまあ……残念だったな」

「そ、そんなことはないでげすよ、ノワール様！　あいつはおれっちたちのことを道具のようにこき使って、しかも手柄は全部持っていこうとするクズヤロウでげす！」

「そうでげす！　だから、ノワール様のような上位魔族に会えたおれっちは、むしろチョーラッキーってやつでげす！」

「そんな感じだったのか……」

思ったよりも、彼らは仲間意識を感じていないらしい。同情して損《そん》をした気分だ。

そして、大鬼以外にも仲間の鬼が二匹いたのだが、そちらには触《ふ》れすらしない。

おそらく、人間とはそのあたりの価値観が違うのだろう。

そんなことを話しているうちに、魔剣の制限時間が訪れた。

魔剣の重さが左手から消失し、カウントダウンが切り替わる。これであと半日近い時間、魔化《こ》した姿《の》が続くことになるが……これから魔族のところに侵入《しんにゅう》することを考えると、逆に都合がいいのかもしれない。

「なあ、よかったら俺をお前たちのアジトまで案内してくれないか？　魔王軍の偉いやつらに挨拶《あいさつ》をしておきたいし、お前らも護衛なしで移動するのは心細いだろう？」

「そういうことなら、こっちからお願いしたいでげす！　ノワール様は、魔王軍の別部隊でげす？」

「あ、ああ……まあな。そう、俺は今、極秘《ごくひ》任務で人間界に潜入《せんにゅう》している。他のやつには言うなよ？」

「なるほど！　だからさっきは、人間の姿をしていたんでげすな！」

「さすがノワール様でげす！　まるで本物の人間のようだったでげす！」

正直《しょうじき》、上手く嘘《うそ》をつくことができたとは思えないが、鬼たちが俺を疑《うたが》う様子はなさそうだ。

時折「これで、おれっちたちも勝ち組でげす！」とか「ノワール様についていけば、大出世間違いなしでげす！」とか言っているから、欲望に目が眩《くら》んでいるのかもしれないし、単純に知能が低いのかもしれない。

仲間である鬼の死を哀《かな》しまないどころか、それすら利用しようとする態度にはいらだちを感じるが、今は俺もそれを利用させてもらおう。

「とりあえず俺のことは、他のやつには『人間界に隠れて生息していた魔族だ』と説明してくれ。それじゃあ、案内を頼《たの》む」

「極秘任務だから、仲間にも秘密ってことでげすな！　リョーカイでげす！」

「案内はおれっちに任せるでげす！　こっちでげす！」

案内を頼むと、鬼たちはすてすてと軽快な足音を立てて走り出した。

背の低い彼らの姿を見失わないようにしながらついていくと、森を抜けて平原を少し進んだ先に小さな村らしきものが見えてきた。

村の外壁《がいへき》は多少汚《よご》れているが、それ以外は普通の村と見分けがつかない。

これなら、たまたま人が通りがかっても、魔物の巣だとは気づきもしないだろう。

小走りで先行していた鬼たちに追いつくと、彼らは軽く息を弾《はず》ませつつ振り返って俺を見た。

「ノワール様、あれが、おれっちたちのアジトでげす！」

「おれっちたちの後ろについてきてほしいでげす！」

「……分かった。任せる」

鬼たちについていき、粗末《そまつ》な木材を組み合わせて作られた門を抜けると、村の中には何種類もの鬼や魔物がおり、興味深そうにこちらを見ていた。

民家の屋根の上で寝転がっている鬼や、壁によりかかって休んでいる大鬼。

見渡す限り、様々な魔物がうようよと徘徊《はいかい》している。

実力的には、倒せないことはない。だが、この数を一度に相手するのは難しそうだ。

「申し訳ありませんでげす、ノワール様。やつら、新入りが来たと思って、ノワール様にぶしつけな視線を……」

「ああ。それぐらいは仕方がないと思うが」

むしろ俺が気になるのは、この殺気が、俺よりもむしろこの二匹の鬼たちに向いているように感じられることなのだが。

二匹の鬼は、そんなことを気にする様子はない。もしかして、俺の勘違《かんちが》いだろうか。

そのまま歩いてたどり着いたのは、このあたりで一番大きな屋敷の前だった。

「つきましたでげす、ノワール様。ここでしばらく待っていてくださいでげす！」

俺が屋敷の様子を眺めていると、鬼のうちの一匹は背筋《せすじ》をピンと伸ばして俺の真横に待機し、もう一匹は堂々と、屋敷の中へ入っていった。

改めてこの建物を見れば、とても鬼たちが即席で作ったとは思えないぐらいに壮観《そうかん》で、豪華《ごうか》な造《つく》りだった。

開きっぱなしになっている門の中を覗《のぞ》いてみる。すると、しばらく手入れされていないのか、やや汚れた……荒れた感じだが、元が良いものなのか、その汚れすらも歴史を感じさせるアクセントになっている。

そしてそんな中に、粗雑《そざつ》に組まれた檻《おり》らしきものがあるのが目に入った。

建物が職人によるものだとすれば、それこそ野蛮人《やばんじん》が作ったとしか思えないが……

「まさか、あれは……？」

嫌な予感がする。暗く光が届かない檻《おり》の中に目を凝《こ》らすと、そこにはぐったりと横たわる人々の姿があった。そこで俺は理解した。ここは、鬼たちが作ったのではなく、元々は人間の村だったのだ。鬼が作ったのは、この粗末な檻《おり》くらいだろう。

「っ‼」

身体中に傷跡《きずあと》を残す村人と思われる人の姿を見て、思わず強烈《きょうれつ》な殺気を放ってしまった。

そこらにいた鬼がピクリと反応したが、彼らはその正体《しょうたい》までは分からなかったようで、数秒後には「気のせいか」とでも言いたげな表情で落ち着いた。

だが、遠くから観察しているティナさんは、こちらの様子に気がついたらしい。

背中に張りついていたオニビが肩に移り、俺の耳元に近づいてくる。

『アケノ、どうかしましたか？　何か問題が？』

「ティナさんどうやらここは、元々人間の村だったのを、鬼たちが占領《せんりょう》しているみたいだ。村人たちは、殺されたか捕らえられたか……」

『やはりそうでしたか。気持ちは分かります。ですが、もう少し我慢《がまん》してください。今暴《あば》れても、騒ぎに乗じて首魁《しゅかい》には逃げられてしまいます。私の仲間を呼び集めていますので、アケノは時間稼《かせ》ぎをしてください』

「そうか、分かった」

この鬼たちの陽気《ようき》な様子を見て、「猫たちと仲良くできたのと同じく、鬼たちとも仲良くできるかもしれない」と思ったのだが、どうやらそれは叶わなそうだ。いくら俺でも、人類を裏切ってまで魔物と仲良くしたいとは思わない。

捕らえられた村人たちに視線をやると、希望を失った暗い瞳と目が合う。

今すぐにでも助けたいが、ティナさんの言うとおり、今暴れても敵を駆除することはできない。だから今だけは、爆発しそうなこの感情を表に出さず、俺の中に閉じ込める必要がある。

「お待たせしましたでげす、ノワール様！　キングがお話ししたいとのことでげす！」

「ああ。案内してくれ」

「ノワール様、何かあったでげす？」

「いや、なんでもない。少し、緊張《きんちょう》してしまってな」

人間を虐《しいた》げている魔族への怒りが伝わらないように誤魔化《ごまか》しながら、建物に入り廊下《ろうか》を歩いていくと、鬼たちはある部屋の前で立ち止まった。和風で扉はふすまだった。

「ノワール様、この中でげす！」

「おれっちたちは、ここまででげす。それではご武運を……でげす！」

そう言って、鬼たちはふすまを横に開く。部屋の中には八匹の鬼がずらりと一列に並び、その奥に一匹、特段大きな鬼が鎮座《ちんざ》している。

どうやらこの鬼が、『キング』という鬼らしい。

左右の大鬼ですら、身長が二メートル近くあるのだが、キングとやらは、その大鬼と比べても二倍から三倍はでかい。大鬼よりさらに大きいその姿は、さしづめ『巨鬼』と言ったところか。

般若《はんにゃ》のような険《けわ》しい顔をしている。どうやら俺のことを、信用していないらしい。

強さは……どうだろう。勝てるかどうかは分からないが、魔王ほどの絶望感《ぜつぼうかん》はない。少なくとも勝負にならないということはないだろう。

周りの鬼たちの視線が集まる中、俺は部屋の中央を堂々と進み、巨鬼が手を伸ばしてもギリギリ届かないぐらいの位置で立ち止まる。

視線を上げて巨鬼の目をにらみつけると、腹に響《ひび》くような音が聞こえた。

「お主が……戦士、ノワール殿《どの》……であるか」

どうやらこの低音は、巨鬼が放つ声であるらしい。

あまり軽妙《けいみょう》に返事をしてしまうと、舐《な》められるかもしれないから、俺も普段よりも一段階低い声で話しかけることにする。

「ああ、俺はノワール。人間界に潜入していたんだが、お前らの仲間が敵に襲われているのを見て、手助けすることにした」

「そうか。我の配下が世話になったな……」

「あ、ああ」

巨鬼は、ずいぶん寡黙《かもく》だ。

改めて巨鬼を観察してみるが、やはりでかい。

身長の高さだけでなく、横にもでかいというか、全身の筋肉が山のように膨《ふく》らんでいる。

その表面は、もはや皮膚《ひふ》というよりも岩だった。

聖剣や魔剣であれば問題ないだろうが、普通の武器では傷をつけることすら難しそうだ。

巨鬼を観察して数秒間、互いに一言も話さない無言の時間が流れたが、その沈黙《ちんもく》を破《やぶ》ったのは巨鬼の方だった。

「ノワール殿……お主は、我らの魔王のことを、どう思う？」

「魔王？　魔王がどうかしたのか？」

「魔王は我らに圧政を敷《し》いておる。我らのような弱き者が虐《しいた》げられておるのだ！　お主は、そのことを、どう考えておるのだ⁉」

どうやらこの鬼は、魔王に対して反抗的な思想を持っているらしい。

魔族たちも、一枚岩ではないということか。

とにかく、今の俺にできることは、俺が人間であるという嘘がばれないように演技を続けることだけだ。

「魔王が圧政を敷いている？　確かにそうかもしれないが……」

「ノワール殿のような、上位魔族には見えにくいのかもしれぬ……だが、我らは実際に苦しんでおる！　ノワール殿も、少なからず魔王には不満を持っているのではないか？」

もしかして、これは試されているのか？

こいつ自身が本気で魔王に対して不満を持っているのか、それとも逆で、魔王に不信感を持っている魔族をあぶり出すのが目的か？

いずれにせよ、ここは慎重《しんちょう》に答える必要がありそうだ。

「だとしたら、なんだ？　いずれにせよ、俺やお前たちの実力では、魔王に勝てるとは到底思えないぞ？」

「それは……お主の言うとおりだ。ゆえに我らは武器を手に入れてみせる。ノワール殿が救った同胞は、武器を探していたのである」

「武器？」

「我ら鬼族には、人間界の地下洞窟に魔王を斬《き》り裂く剣が眠《ねむ》っているという話が、伝わっておる。初めは作り話だと思っておったが、実際に洞窟があるとなると、本当に武器がある可能性も高いのだ」

「そんな話が……」

人間界では「裂け目の下の洞窟は魔界につながっている」という伝説が伝わっていた。

そして実際にその通り、地上の裂け目から川を下っていくと、確かに魔界にまでつながっていた。

巨鬼の話に聞き入っていたら、オニビがゆっくりと動いて、俺の耳元に近づいてくる。

そして、他の鬼たちには聞こえないような小さな音量で、ティナさんの声が聞こえてきた。

『アケノ、その話についてなのですが……』

考える振りをして顎《あご》に手を当てて口元を隠し、他の鬼たちに気づかれないように小さな声で聞き返す。

「ティナさん？　さっきの、伝説の剣の話か？」

『はい。確かにあの洞窟には、何か強い反応がありました。アケノを探すことを優先していたので無視していました。ただ、その鬼が言っている「伝説の武器」のことなのかは分かりませんが、何かがあることは事実ですよ』

「そうか、分かった。教えてくれてありがとう。とりあえず俺は、もう少しこの鬼たちのことを探ってみる」

『はい。では私は一度、仲間のもとに戻りますね。援軍《えんぐん》をつれて戻ってきます。アケノは、隙《すき》を見て抜け出してもいいですよ』

そう言い残して、ティナさんの声は届かなくなった。

早速、自分の仲間である勇者たちのところへ向かったのだろう。

残された俺は、改めて巨鬼の方に視線を向け、口元から手を下ろす。

「話は分かった。それでお前たちは、俺に何をさせたいんだ？　わざわざそんな話をするということは、何か目的があるんだろう？」

「なに、目的というほど、たいしたものではない。我らは近いうちに第二次調査隊を編制《へんせい》する。興味があれば、お主も参加せぬか？　……と、思ってな」

俺のために教えてくれたというよりは、むしろ厄介払《やっかいばら》いの意味合いが強そうだ。

あいつらは、上級魔族であるらしき俺がここに残り続けるぐらいなら、適当な探索に同行させることで追い払いたいのだろう。

「魔王を倒せる剣」に興味はあるが、それ以上にこの鬼たちが洞窟に行くということが気になる。

鬼族を含む魔族にとって、オニビたちは食料に見えるらしい。このまま鬼が洞窟に向かってしまうと、せっかく平和を取り戻したオニビたちに再び危機が訪れることになる。

オニビの存在に気がついた鬼たちが、武器のことを忘れてオニビ狩《が》りなんかを始めてしまうと面倒だ。だったら、俺がこの調査隊に同行して、陰《かげ》からオニビを守るのがいいだろう。

「そうか。なるほど……そういうことなら、俺も参加させてもらう」

「ノワール殿……協力、感謝する」

「勘違《かんちが》いするな。協力するわけじゃない。邪魔はしないつもりだが、俺が先に武器を見つけても、お前らに譲《ゆず》る気はないからな？」

「それで構わぬ。やつらの手に渡るぐらいなら、むしろノワール殿に使ってもらいたい」

巨鬼が言っている「やつら」というのが、人間のことを言っているのか、それとも他の魔物のことを言っているのか、それは俺には分からない。

だがいずれにせよ、口ぶりから判断すれば、巨鬼は俺のことを多少は信用しているように聞こえる。

少なくとも、まだ俺が人間で、魔族の敵であることには気づかれていない。

その後、準備にはまだ時間がかかるということで、俺は小鬼——俺をここまでつれてきてくれた鬼は、こうして鬼の集団に入ると小さかった——の案内で建物の中を少し歩き回ることになった。

適当にいくつかの部屋を回ってみたが、いたのは魔物ばかりで、人の姿は一度も見かけなかった。

やはり、檻《おり》に捕らえられていた人に事情を聞くしかなさそうだ。

「ノワール様、さっきから、何か捜しものでげすか？」

「いや、そういうわけではないが、ここは元々人間の村だったんだよな。元の住人は全て殺したのか？」

ちょうどいいタイミングで小鬼が話しかけてきたので、村のことを聞いてみると、彼らは俺に質問されたのが嬉《うれ》しかったのか、無邪気《むじゃき》に跳《と》びはねながら返事をした。

「ほとんど殺してないでげすよ。あいつらは、暴れないように一カ所に集めてあるでげす！」

やはりそうか。魔物と人間の力の差をあれば、殺さずに捕らえることもたやすかっただろう。

だがそのおかげで命を失わずに済んだのだから、不幸中の幸いと言えるかもしれない。

いずれにせよ、話が都合のいい方向に流れてきた。これならば、自然に接触《せっしょく》することもできそうだ。

「そうか。そいつらと話をしてみたいんだが……できるか？」

「ノワール様、お言葉ですが、やつらは知能が低くて話などできませんでげすよ？」

「そうでげす！　おれっちたちが会話をしようと近づいても、ギャーギャーと鳴くばかりで、言葉は話せないでげす！」

「そう……なのか？」

俺が問題なく鬼とコミュニケーションが取れているのだから、同じ人間である村人たちも言葉は通じると思うのだが……

おそらく、村人たちはまさか、鬼たちが普通に話ができるとは思わなかったのではないだろうか。明らかに人間離れした化け物に襲われて、叫《さけ》び声を上げるだけで精一杯だったにちがいない。

「まあ、ノワール様がおっしゃるのなら、止めないでげすが……」

「じゃあ、早速試してみる。お前たちは少し離れた場所で待機していてくれ。暴れ出すかもしれないからな」

「分かったでげす。ノワール様も、物好きでげすな！」

小鬼たちは俺の言葉に従って、少し離れた場所で待っていてくれる。

俺が檻《おり》のそばに行くと、中には手足を縄《なわ》で縛《しば》られた人々が転がっていた。

カツカツと足音を鳴らして近づいてくる俺を見て、目は恐怖に震えている。俺がその中の一人に視線を向けたところ、そいつは「ひえっ」と小声でおびえた。

「おい、お前たち！　少し話をしたいんだが」

「……っ！」

さらに檻《おり》に近づいて、小鬼たちには聞こえないくらい小さな声で話しかけたものの、誰も返事をしない。

聞こえていないわけではなさそうだが、下手《へた》に返事をして機嫌《きげん》を損《そこ》ねたら暴れ出すとでも思っているのだろうか。

これは確かに、鬼たちが「人間は言葉を話せない」と勘違《かんちが》いするのも仕方がない。

だがそれでは困る。……そうだな、まずは彼らの警戒《けいかい》を解《と》くことから始めよう。

「よく聞け、俺はお前たちの味方。異世界から召喚された勇者だ。今は魔族の姿に変装《へんそう》しているが、元は人間だ」

やはり声を潜《ひそ》めて話しかける。

ほとんどの人は、俺の言った言葉が聞こえていないのか、全く反応しなかった。

一部の人は、反応はするのだが、それは俺をにらむ視線だけだった。俺のことを信じていない様子だ。

さすがに駄目《だめ》か——そう思いかけたとき、たった一人、身をよじって近づいてくる人がいた。

「勇者……様？　本当……ですか？」

「ああ。遅くなって悪かったな。だが、もうじき俺の仲間が援軍を連れてここに来る。もう少しだけ我慢していてほしい」

「そ、そうか……俺たちは、助かるんですか？」

「シッ！　静かに。魔物たちに気づかれたくない」

村人は、俺の言葉を聞いて叫《さけ》びそうになったが、俺が唇に人差し指を当てて注意すると、冷静さを取り戻してくれた。

このジェスチャーの意味は、この世界でも同じらしい。

「悪いが、やつらに気づかれたくない。できるだけ小声で話をしてほしい。それで、お前たち以外の村人は？」

「すみません。他のやつらがどうしているのかは、分かりません。ですが、魔物の包囲網《ほういもう》を抜けることができたとは思えません。別の場所に捕らえられているか、そうでなければ殺されたか……」

村人は、苦虫《にがむし》をかみ潰《つぶ》したような顔をしながら、話をしてくれた。

仲間が大量に殺されているかもしれない状況は、やはり精神的にこたえるのだろう。

「すまん、嫌なことを思い出させたな。だが、話してくれてありがとう。死んだ人は無理だが、生きていれば必ず助け出そう。そのためには、お前たちの協力も必要になる。まずはその拘束《こうそく》を解きたい。背中をこちらに向けてくれ」

「……ん？　こうですか？」

村人はごろりと転がって背中をこちらに向け、きつく後ろで結《むす》ばれた両手を差し出す。

縄は頑丈《がんじょう》な素材でできており、村人たちが自力で抜け出すのは無理にちがいない。

俺は懐《ふところ》から、オニビたちからもらったオレンジ色の短剣を取り出して、縄に小さな切れ込みを入れた。もう少し力を入れれば、ちぎれるはずだ。

「これで後は、お前の力でもなんとかなるはずだ。援軍が来たときに、村人たちを逃がす手伝いをしてほしい」

「勇者様、あなたも、一緒に戦ってくれるのですよね？」

「俺か？　俺は……」

もちろん俺も、一緒に戦って村人たちを助けたい。

だが俺は、オニビたちを救うために洞窟へ向かわなければならない。ティナさんが呼ぶ援軍に間に合えば、一緒に戦いに参加することもできるが……

もちろん、ティナさんと彼女が呼ぶ援軍だけでも村を奪還《だっかん》することはできるはずだ。そんなことを言っても、こいつは納得しないだろうがな。

だからといって「俺も一緒に戦う」と嘘を言うのは心苦しい。

「……俺は、悪いがすぐにここを離れることになる。だから、俺の代わりのこの剣をお前に預《あず》ける。魔物と戦う必要はないが、この剣で残りの村人たちを解放して、助けに来る勇者に協力してくれ」

村人に短剣を手渡すと、彼はそれを大事そうに両手で持ったまま、檻《おり》の奥の方へ戻っていった。

その様子を確認して、俺はわざとらしく「駄目だこりゃ」と諦《あきら》めたようなジェスチャーをして、鬼たちのいる場所へ戻った。

すると、二匹の小鬼が駆《か》け寄ってきて、子供みたいに俺に質問を浴《あ》びせてくる。

「ノワール様、いかがでした？　会話は成立したでげす？」

「いや、あれは、無理だな。一瞬、言葉が通じたかと思ったが、どうやら勘違《かんちが》いだったらしい」

「そうでげすか。まあ、やつらはそんなもんでげす！　気にするだけ無駄でげす！」

「それよりノワール様、調査隊の準備ができたらしいでげす！　案内するからおれっちについてくるでげす！」

小鬼たちについていき、屋敷から出て村の広場へ向かうと、そこにはすでに大勢の鬼が集まっていた。彼らが調査隊のメンバーなのだろう。

巨鬼ほどではないが大柄な鬼が数匹と、人間の大人サイズの鬼が数匹。小鬼に関しては正確な数は分からないが……ざっと、四十程度というところか。

俺たちがこの場に到着したら、視線が一気に集中して「おい、いつまで待たせるんだ！」「早く俺らを案内しろ」と、厳《いか》つい態度で急《せ》かされる。

どうやら彼らは、俺たちのことを無視して先行したかったものの、場所を知っているのが俺と、俺の後ろでガクガク震えている小鬼だけだったから、仕方なく待っていたらしい。

……それにしても、騒ぐやつほど弱く見えるってのは、事実みたいだな。

俺に大声で文句を言っている大鬼や、その周りでガヤガヤ騒いでいる小鬼からは脅威《きょうい》を感じられない。一方、黙ってこっちに視線を向けている鬼からは、やばそうな雰囲気《ふんいき》が漂《ただよ》っている。

　そんな中、フードをかぶって顔を隠した鬼が一匹、俺の方へと近づいてきた。

「お待ちしておりました。あなたがノワール様ですね？」

　その声は、予想に反して弱々しいというか、まるで女性のような声だった。

　ローブで身体が隠れているが、大鬼などと比べると体格は華奢《きゃしゃ》で、もしかしたら本当に女性なのかもしれない。

　フードの陰を覗《のぞ》くと……ご丁寧《ていねい》に、仮面のようなものをかぶって顔を隠している。

　だが、明らかに作りものではない角《つの》が生《は》えていて、皮膚の色も紫色だ。少なくとも人間ではないのは間違いない。

「……ノワール様？　何か問題でもありましたか？」

「あ、ああ、すまない。俺がノワールだ。よろしく頼む」

「よろしくなどと。互いに競い合う立場でしょう？　それとも、私の下に加わりますか？」

　どうやら、この調査隊はいくつかのチームに分かれているらしい。

「そうだったな。今のは忘れてくれ。お前が俺の配下になりたいなら、話は変わるが」

「ふふっ、ご冗談《じょうだん》を」

　彼らの様子を見ていて気がついたのだが、どうやら鬼たちに互いに協力し合う考えはない。

互いに邪魔をしないという不文律《ふぶんりつ》はあるものの、他のチームの手助けをするつもりはないようだ。

それはともかく、「魔王を倒せる剣」を見つけても、あの巨鬼の巨体では人間サイズの剣を扱《あつか》いきれないだろう。

となると、実際の武器の使い手になるのは、第一発見者か、そのチームのリーダーということになる。

上下関係がはっきりしているからこそ、誰もが一発逆転の下剋上《げこくじょう》を目指している。

俺が話をしている間に、小鬼たちは深呼吸を繰《く》り返して緊張を抑《おさ》え込んでいた。そして、俺の話が終わるタイミングを見計《みはか》らって、周りに大勢集まった鬼たちに向けて声を張り上げる。

「そ、それでは、出発するでげす！　みんな、おれっちたちについてくるでげす！」

指示が全体に行き届いたのを確認したところで、まずは小鬼二人が歩き出し、俺はそのすぐ後ろについて移動を始める。

すると、他の鬼たちも俺たちに続き、鬼の大群《たいぐん》が移動を開始した。

やがてこの調査隊は森の中へと入っていく。この森には魔物がいたはずなのだが、いくら歩いても出会う気配すらないのは、もしかしたらこの大群におびえて隠れているからなのかもしれない。

しばらく森の中を歩いていると、オニビが小声で話しかけてきた。

「ねえ、イツキ。こんな大勢……大丈夫なの？」

「そうだな……」

オニビたちが心配していることも分かる。

さっきまでは、鬼に同行することで行動を誘導して、オニビが襲われることがないようにと考えていたのだが、ここまで大勢となると、俺一人ではとても制御《せいぎょ》できると思えない。

とすれば、オニビたちにも協力してもらう必要があるか。

「オニビ、悪いんだけど、洞窟のオニビたちに、隠れて出てこないように伝えることってできるか？」

「えっと、ホノオがあれば、みんなと話をすることができるんだけど……」

「ねえ！　だったら、地上に上がってきたオニビのホノオを使えばいいんじゃないの？」

「それなら、私に任せてください。私なら、仲間と共鳴《きょうめい》ができます」

最後の声は、耳元から聞こえてきた。

二体のオニビは別のホノオ出身だが、このオニビは地上進出組の一員だ。

オニビたちは、同じホノオの出身であれば、ある程度の距離が離れていても仲間と連絡を取れるらしい。

俺とティナさんが、オニビを通じて会話をしたのと同じ仕組みだ。

「そういえば、さっきからティナさんの声が聞こえないが……無事なのか？」

「はい、すでに距離が離れていますので、声を届けることはできないのですが、オニビの存在は消えておりません。無事なのは間違いないですよ」

オニビの通話は、電話のように便利なものだと考えていたが、距離や障害物によってかなり制限があるらしい。

それでも大まかな場所は分かるので、十分便利ではあるのだが……

「イツキさん、仲間たちに事情を伝えました。洞窟内にも伝えておいてくれるそうです」

「そうか、ありがとう」

これで少なくとも、全く警戒していない状態で鬼に襲われることはなさそうだ。

それからさらに歩くと、地下へつながる裂け目に到着した。

俺が「着いたぞ、そこの穴だ」と言う前に、すでに気が早い他チームの鬼どもは、そこらの木に長いロープを巻きつけて、下へと降りる準備を始めていた。

そんな様子を見て、二人の小鬼は慌《あわ》てて俺のもとへ駆け寄ってきた。

「あ、あいつら、おれっちたちのことを無視して勝手に……」

「ノ、ノワール様……おれっちたちもすぐに準備をするでげす！」

俺やティナさんが地上に上がってくるときに使ったロープは、すでにこの小鬼どもが回収してしまっている。また、他のチームは俺たちよりも人数が多いから、効率よく準備を進めている。だから、ロープを結ぶ木も、すでに他のチームに押さえられてしまっていた。

このままのんびり準備をしていたら、確実に出遅れてしまう。

「お前たちは、あいつらと同じようにロープを準備してから降りてきてくれ。俺は先に一人で行かせてもらう！」

そう言って俺は、命綱《いのちづな》なしで裂け目に向かって飛び込んだ。

急な角度の崖《がけ》を駆け下り、洞窟に入ってからは垂直《すいちょく》に落下する。

普通の人間であれば、いくら下が水面であるとはいえ無事では済まない高さだが、そこは高レベル勇者の能力値でなんとかする。

ザブンと大きな水しぶきを上げて着水した俺は、足で水をかいて水面に上がり、そのまま陸地の方へ向かった。

川岸から陸に上がると、すぐに洗浄の力が働いて、水滴がはじけ飛んだ。

いつの間にか俺から離れていたオニビたちが再び身体に張りついたのを確認して、あたりを見渡してみたら……。

そこは、真っ暗闇で静かな空洞《くうどう》だった。

俺のすぐそばにいるオニビと、裂け目から入り込んでくる太陽光のおかげで、かろうじて壁や床が見えるが、少し離れた場所は何も見えない闇が広がっている。

オニビたちが隠れるだけで、ここまで様子が変わるのか。

洗浄の力で完全に水気《みずけ》が飛ぶのを待ちながら洞窟の中を確認していると、ドボンドボンと水しぶきを上げて、次々と鬼が落ちてきた。

どうやら、俺に遅れを取らないようにと飛び込んだはいいが、下が水面だとは思わなかったのだろう。

冷たい水に混乱しつつ、俺にくっついているオニビの明かりを目指して、必死に泳いでいる。

それからさらに少し経ったところで、地上から何本かのロープが垂れてきて、中鬼や大鬼もそれを伝って降りてきた。

先に到着していた小鬼たちが、光源を確保し、また身体を温める目的で火をおこそうとしていた。だが、暗闇の中での作業ということに加えて、さっきの着水で材木が湿《しめ》ってしまったらしく、難航《なんこう》している。

「それにしても、お前たちが隠れるだけで、ここまで真っ暗になるんだな……」

「イツキさん！　他のオニビたちの話だと、食いだめをしていたおかげで、当分の間は隠れて過ごすことができるそうですよ！」

小さなオニビによれば、こうして外に出られない状態は、俺が悪魔を倒す前の状態に戻っただけなので、慣れたものらしい。

洞窟が暗いままなら、鬼たちの探索を妨害《ぼうがい》できそうなので、ちょうどいいのかもしれないな。

洞窟の剣が鬼たちの手に渡ってしまうと、村人たちを救出する作戦にも影響が出そうだし、それに、個人的に伝説の剣に興味があるからな。

さてどうしようかと考えていたら、鬼たちが集まっている場所から火の上がる音が聞こえ、洞窟内に新《あら》たな光源が発生した。

鬼たちも着々と洞窟探索の準備を進めている。あいつらが準備するのを待ち続ける理由はない。俺たちは一足先に宝探しに向かうことにしよう。

とはいえ、なんの手がかりもない状態で探すのは骨が折れそうだ……そうだ。

「なあ、オニビたち。この洞窟に『剣』があるらしいんだが、何か知らないか？」

「ううん。ごめんイツキ。僕たちは何も……」

「ごめん、イツキ……役に立てなくて」

この洞窟で暮らしていたオニビたちなら何か知っているかもしれないと思ったが、当てが外《はず》れてしまった。

「イツキさん。仲間にも聞いてみたいのですが、みんな隠れてしまったので……さっき聞いておけばよかったですね……」

小さなオニビは申し訳なさそうな声を出すが、とりあえずは「まあ、しょうがないよな」とだけ言っておくことにする。

俺自身、そのときは思いつかなかったのだから、不満をぶつけるのはお門違《かどちが》いだろう。

「でもイツキ、ホノオのある場所に行けば、何か知っているオニビがいるかもだよ！」

「オニビ全員に聞けば……！」

「そうだな。だったらまずは、オニビを探すことから始めよう。でも、隠れちゃってるからな……」

俺の周りは三体ものオニビがいるおかげで一定の明るさが確保されているが、この洞窟は基本的に真っ暗闇だ。

オニビは常に光っているから簡単に見つかると考えていたが、今は通用しない。洞窟の悪魔から身を隠しているうちに、上手く隠れる方法を編み出したみたいで、どれだけ目を凝《こ》らしても見つかる気がしない。

「イツキ、だったら僕たちが、オニビたちが集まりそうな場所に案内しようか？」

「私たちはこのあたりのオニビとは生まれのホノオが違うから、離れたオニビに意思を伝えたりはできないけど、でも同じオニビだから、考えそうなことぐらいは分かるのよ！」

「あ、それなら私も、なんとなく分かりますよ、イツキさん！」

「そういうことなら……とりあえず三体に任せてみようかな。ただ、あまり俺から離れないように気をつけて。あの鬼たちは、どうやらお前たちのことを食料か何かだと認識しているみたいだから」

三体のオニビは、俺の身体からふわりと離れ、一定の距離を保ちつつも、それぞれに周囲を探索しはじめた。

地面の様子を見て「これ、枝を運んだ痕跡《こんせき》じゃない？」とか「こっちにも、足跡がかすかに残っています」とか話し合っている。俺には全く分からないが、オニビたちから見れば、そこには様々な情報が隠されているらしい。

「イッキ、多分こっちだよ！」

オニビの一人がそう言うので、半信半疑《はんしんはんぎ》で後を追いかけたら、そこには細い横穴があった。身体を押し込むようにして中に入ってみると、さらにいくつもの枝分かれしていた。

先行するオニビになんとかついていったところ……土のようなものを運んでいるオニビの姿があった。

このオニビたちは、立てこもっている小部屋の前に、行き止まりだとカモフラージュするための壁をせっせと建築中だった。

土壁は、すでに道の半分以上を埋《う》めており、おそらくあと数時間で完成するにちがいない。そうなっていたら、いくらオニビたちでも見つけることは難しかっただろう。なんとか間に合ってよかった。

俺がオニビたちの集まっている場所に近づくと、ついさっきまでは平和だった彼らがパニックになった。

「ひえ～！　異種族が攻《せ》めてきたです～！」

「食べられるです～！　隠れるです～！」

ここにいるオニビたちは、俺たちのことを、事前に伝えていた鬼だと勘違《かんちが》いしている。

まずは、その誤解《ごかい》を解きたいから、とりあえずオニビたちに交渉《こうしょう》してもらうことにしよう。

「なあ、オニビたち。とりあえずお前たちから、俺は敵じゃないってことを、あいつらに伝えてくれないか？」

「分かった、僕に任せて！　イツキはここで、少し待っててね！」

そう言葉を残してオニビの一体が現地の炎とオニビたちのところに向かったので、俺は少し離れた位置まで下がって待つことにした。

話し合いは順調に進んでいるらしく、少しずつ落ち着いてきたように感じる。それから少し経つと、交渉に行っていたオニビが帰ってきた。

「イツキ、とりあえずここのオニビたちは、お宝の場所に心当たりはないって言ってる。他に知っているオニビがいないか、ホノオを通して聞いてくれるらしいから、もうすこし待っててくれる？」

ティナさんに聞いた情報だと、伝説の剣とやらはこの洞窟の最奥《さいおう》という話だし、このあたりにいるオニビたちが何も知らないのは無理もないことなのだが……オニビの生息域はこの洞窟内の至《いた》るところに広がっているらしいので、知っているオニビがいてもおかしくない。

ということで、俺たちは全員で一休みをしながら、結果が出るのを待つことにした。

やがて、数体の小さなオニビが炎の中から飛び出してきた。

オニビたちは、俺たちのいる場所まで近づいてきて、どうするのか……と思っていたら、俺の背中にいたオニビが、その小さなオニビたちを取り込んだ。

こういう形で、情報を伝えているのか……

オニビはしばらくその場で固まり、くるりとこちらに振り返った。

「イツキ！　情報が手に入ったよ！」

「お、おう。どうだった？」

「うーん、お宝……かどうか分からないけれど、この川のさらに上流のあたりに、不思議なものがあるんだって。地面に刺さった細長い棒で、常にエネルギーが出ているらしいよ！」

棒って、剣のことか？　確かに、剣とか武器とかを知らないオニビからしたら、伝説の剣でも棒きれにしか見えないのかもしれない。

地面に刺さっているってことは、ゲームとかに出てきそうな、台座に刺さった伝説の剣みたいなイメージか。

「そうか、だったらとりあえず、俺たちはそこに行ってみよう。オニビ、俺をそこに案内することはできるか？」

「もちろんだよ！　僕が先に行くから、ついてきてね！」

オニビを吸収してひときわ強く輝くようになったオニビは、そのまま洞窟の細い枝道から本流の方に向かって移動を始めた。

慌《あわ》ててその後を追いかけると、もともと俺についてきていた残りのオニビ二体は、また俺の背中と肩の定位置に戻った。

オニビの後を追って、真っ暗な洞窟の中を進んでいく。

初めのうちは、ゆったりとした川の流れに沿《そ》って歩いているだけだったのだが、だんだんと道が細く険《けわ》しくなってきた。

岩の形も、ゴツゴツした大きなものに変わってきて、上流に近づいているのをなんとなく感じる。

それからさらに、崖を登るようにして洞窟を突き進んでいたら、不意にオニビが止まった。

「イツキ、あれだよ！　あの棒きれ！　あれがイツキの探しものじゃない？」

オニビが見ている方向に視線を向けると——小さな部屋のような空間の中央に、明らかに自然物ではない何かが突き刺さっていた。

近づいてみたところ、それは確かに剣の形をしている。そして、どこかで見たことが……

「あれ？　これって……」

「どうしたの？　イツキさん、これについて何か知ってるの？」

「知っている……というか、単に似ているだけなのかもしれないが……」

少し歩いて、手の届く距離まで近づき、もう一度観察する。

洞窟内は真っ暗なので、オニビたちに剣を囲む位置に立ってもらう。これで、さらにはっきりとその剣の姿が見えるようになったのだが……

刀身《とうしん》だけでなく、グリップから鍔《つば》まで全体的に黒く、柄頭《つかがしら》の部分には魔物の角のような飾《かざ》りが取りつけられている。

シンプルで、シャープな感じのデザインで、しかもまがまがしい雰囲気《ふんいき》を放っている。

どう見ても魔剣にしか見えなかった。

今は魔剣がクールタイム中なので、並べて観察することはできないのだが、俺の記憶が正しければ、剣の長さも色も、グリップの形から鍔《つば》のデザインまで、完全にうり二つだ。

どうしてこんなところに魔剣が？　というかこれは、俺が召喚している魔剣そのものなのか、それとも姿が全く同じなだけの、別物なのか？

「イツキ！　それ、武器なんだよね？　引っこ抜いてみてよ！」

「そうそう、私たちオニビには無理だけど、イツキならできるんじゃない？」

「イツキさん、応援しています！」

この魔剣は、深く刺さっているわけではなさそうだ。

オニビたちが言うとおり、簡単に抜けるような気もするのだが……

しかし、聖剣も魔剣も、短時間召喚するだけでいろいろな反動がある。

果たしてこの剣を抜いても、俺は正気《しょうき》を保っていることができるだろうか。

「オニビ、ティナさんに連絡を取れないか？」

「う〜ん……駄目ですね！　さすがにここからちじょうには、声が届かないみたいです」

「圏外《けんがい》ってことか。こういうときに、ティナさんの賢者とかシオリの図書館みたいな、情報系のギフトがあると便利なんけど……でも、無理なら仕方がない。これをどうするかは俺一人で決めるしかないのか……」

よく見ると、剣が刺さっている部分の地面には、精緻《せいち》で複雑な図形が描《えが》かれた跡がある。

部屋の周りには、長い年月を経《へ》て消えかかっている壁画《へきが》や、壊れて原形を保っていない壺《つぼ》だったものが飾られていた。どうやらここは、自然にできた空間ではなく、この魔剣を奉納《ほうのう》するために作られた部屋のようだ。

かなりの年月が経っているせいで、いまは完全に風化《ふうか》しているけど、昔はかなりきらびやかな場所だったのだろう。

「それで、イツキさん。どうするのですか？」

「そうだな……」

ここまでの道のりは、険《けわ》しいだけでなく、入り組んだ迷路のようにもなっていた。

だから、ここにこれを放置しておいても、手がかりもなしに鬼たちが見つけ出せるとは思えないんだよな。

とりあえず一度部屋から出て、落ち着いた状況で考え直そう。

そう思って振り返ると、小部屋の出口には一匹の鬼がいた。

地上で俺に話しかけてきた、紫色の肌をした女性のような鬼だ。今まで、気配を消して俺を追跡《ついせき》していたらしい。

「ノワール様？　それが伝説の剣ではないのですか？」

「ああ、おそらくな。何が起こるか分からないから、準備をしてから引き抜こうかと考えていたんだが」

「そうですか。でしたら、私がその剣をいただきます！」

「んな？　ちょっと待て、おい！」

そのとき、俺は完全に油断していたんだと思う。

鬼は、身をかがめて俺の真横を走り抜け、一直線に魔剣に飛び込んだ。

そしてそのまま剣を握《にぎ》り、軽く引き抜いた。魔剣は地面からすぽりと抜けた。

《忠告：魔剣本体に『所有権』が発生したため、魔剣の『召喚権』が消失しました》

鬼が魔剣を手にした瞬間、ステータスカードから、ビビーッという警告音が発せられた。

慌《あわ》ててカードを取り出して中身を確認すると、保有ギフトが「聖剣《ぶ》／魔剣《き》召喚」から「聖剣召喚《ぶき》」に変わっている。あの剣は、本当に魔剣だったらしい。

魔剣の召喚能力が消えたからなのか、魔化していた俺は人間の姿に戻っていき、逆に魔剣を握った鬼は、どす黒いオーラに包まれて、少しずつ身体が変質していく。

「アハハハハ！　アハハハハハハハ！　すごい、すごいわ！　力があふれてくる！　この力があれば、魔王を倒すどころか、世界を破壊だってできますわ！」

鬼の瞳は強烈な狂気を宿している。その彼女は、目の前にいる人間《てき》の姿を捕捉《ほそく》した。

「ノワール！　あなた、魔族ではなかったんですのね！　ですが、私の力を試すのにはちょうどいいわ！　剣の錆《さび》になりなさい！」

これは、面倒なことになったたな……

こんなことなら迷わず魔剣を引き抜いておけばよかった。いや、そうしていたら暴走《ぼうそう》していたのは俺だった可能性もあるのか。

「イツキ。あの悪魔、怖《こわ》いんだけど」

「あんなのが暴れ回ったら、私たちオニビは全滅《ぜんめつ》しちゃうよ……」

「イッキさん、逃げますか？」

「いや、そうだな。確かに強敵だ。俺なんかが勝てるかどうか、正直怪《あや》しいところだと思う」

でも、俺は立場の上では勇者だから。

あれが地上に出たら、下手をすると魔王以上に危険な存在になりかねないから。

「だけど、逃げるわけにはいかない。あれを地上に放つことは、俺が犠牲《ぎせい》になってでも食い止めるべきだ。もちろん、犠牲《ぎせい》になる気なんてないけどな！」

魔剣を握る鬼は、俺に向かって一直線に突《つ》っ込《こ》んできた。

「アハハッ！　死になさい！」

一瞬のうちに剣の間合《まあ》いに入ってきた鬼は、魔剣を握った腕を上げ、そのまま無造作《むぞうさ》に振り下ろす。

隙《すき》だらけにしか見えない雑《ざつ》な動作なのだが、魔剣が放つ威圧感《いあつかん》で身体がすくみ、カウンターを仕掛けることができない。

とっさに俺は、真横に転がるようにしてその攻撃を回避《かいひ》した。すると、すぐ横で地面がえぐれる鈍《にぶ》い音が聞こえた。

「あぶねえ！　にしても、なんて威力《いりょく》だ……」

空《から》振《ぶ》りして床に直撃した魔剣は、硬《かた》い床にクレーターを作っていた。

常識外《じょうしきはず》れな破壊力を見て、身体中から嫌な汗が噴《ふ》き出す。もしあれが直撃していたら、無事ではすまなかっただろう。

「お、おい、落ち着け！　まずは話し合いを……」

「人間と話すことなど、一つもありません！　私のことを騙《だま》して、この剣を奪《うば》い取るつもりなのでしょう？」

そう言って鬼は、うっとりした瞳を魔剣に向けた。

「そう、そうなのね。あなたの力を解放するには、私があなたの存在を受け入れればいいのね？」

まるで、魔剣自身と会話をしているようにも見える。

そして彼女はそのまま、魔剣の刃を自分自身の左腕に押し当てた。

鋭《するど》い刃を押し当てられた皮膚はうっすらと血が滲《にじ》み、魔剣から噴き出す瘴気《しょうき》が、その傷口から鬼の中へ溶け込んでいく。

「うふふっ！　うふふふふっ！　すごいわ！　魔力が流れ込んでくる！　まるで私が……私……わた……し……が……」

どうやら、おかしなことになってきた。

強力な魔力によって、鬼の力が急激《きゅうげき》に強化されているのは間違いないだろう。元々強靱《きょうじん》だった筋肉は、さらに一回り、肉の鎧《よろい》を纏《まと》ったかのごとく太く大きく成長し、獣の毛皮を着たかのように、ゴワゴワとした毛が全身に生えてくる。

あっという間に、紫色の皮膚は毛におおわれて見えなくなった。

爪《つめ》や牙は鋭くとがり、元々あった鬼の角を覆《おお》い隠すかのように、羊のような巻角が生えてくる。

変化には強烈な痛みを伴《ともな》うのか、言葉にならない悲鳴を上げながら、鬼は徐々に魔獣の姿へと変じていく。

「YGAAAAAAAAAAA！」

悲鳴が収まったと思った次の瞬間、鬼は雄叫《おたけ》びを上げる。その声は洞窟内に伝播《でんぱ》した。かなり遠くまで響いたはずだから、もしかしたら他の鬼たちもこの声を聞いて、おびえているだろうか。あるいは、敵の存在に発憤《はっぷん》しているだろうか。

雄叫《おたけ》びを上げたそれを見ると、もはや原形はなくなっている。

極端《きょくたん》な猫背の前傾姿勢で、腕はだらりと垂れ下がり、それでいて片手には魔剣をしっかりと握りしめている。

「イツキ、あれはやばいよ！　どうするの？　……勝てるの？」

「勝てるかどうかは、自信がない。できることなら一度、態勢を立て直したいところだが……」

俺が魔剣を使ったときも、魔化によって姿は変わったが、あそこまでの変化ではなかったはずだ。

魔剣と鬼の相性《あいしょう》がよすぎたのが原因か、あるいはあれが、本当の魔剣の力なのか。いずれにせよ、ここで俺一人が戦って負けて、そのことを誰にも知られないのが一番まずい。せめて誰かに連絡だけでもしておきたい。

「オニビ、ティナさんとの連絡は……」

「はい、無理です、イツキさん。地上にさえ出れば、伝言ぐらいなら送れると思うのですが」

「だよな。やはりここは一度、地上に戻るべきか」

「イツキ、そんなことも言っていられないみたい。見て、あの悪魔、ゆっくりと動き出した。こっちを見てるのかな?」

オニビに言われて鬼の様子を確認したら、ギギギと鈍《にぶ》い音がしそうなぐらいにゆっくりと首を回して、こちらに視線を向けようとしていた。

そして数秒後、はっきりと目が合う。視線の奥には、俺に対する敵意や殺意が明確に読み取れる。

「魔剣、召喚……」

以前のように、魔剣を召喚しようと剣の姿をイメージしても、俺の左手には何も現れない。

　ステータスカードから名前が消えた時点で想像していたことだが、やはり俺は魔剣を召喚することができなくなっている。

「ならば、聖剣……召喚！」

　何も現れない左手から、右手に視線を移して呟《つぶや》くと、こちらにはいつものように聖剣が召喚された。

　光り輝く聖剣が洞窟内を照《て》らし、その瞬間に鬼が一瞬おびえた……ようにも見えた。

　全身を光が包み、背中には白い羽が生え、肌が白くなり、髪が伸び金色に染《そ》まる。やはり、魔剣を召喚できなくなっても、聖剣は問題なく使えるらしい。右手に収まった剣の重さにほっと安堵《あんど》の息を漏《も》らしつつ、視界の右隅《みぎすみ》を見れば、そこにはいつものように……いや、いつもとは違う。

　そこには、聖剣の使用時間を示すはずの、カウントダウンが表示されていなかった。

「これは、どういうことだ？　魔剣がなくなったことで、条件が変わったのか？」

　仕組みが分からないのは気になるが、そのことは後で考えよう。

　今は、目の前の鬼から気をそらすことができない。

　魔剣を持つ鬼は、聖剣を召喚した俺のことを、改めて「敵」として認識した。

　獣のような足取りで、一直線に俺のもとへ飛び込んできた。俺は、無造作に振るう魔剣の一撃を、聖剣で防御する。

ギイインという、金属がぶつかり合う鈍《にぶ》い音が響き、身体をものすごい衝撃《しょうげき》が通り抜けて、足元の床がミシリと音を立てた。

体格と体重は相手の方が圧倒的に上のはずなのだが、俺が聖剣に力をこめると、鬼は魔剣ごとふわりと吹き飛んだ。

力押しでは勝てないことを悟って、鬼自身が後ろに飛んだだけで、俺があの巨体を弾《はじ》き飛ばしたわけではなさそうだが。それにしても……

「これは、俺の力が以前よりも強くなっているのか？」

ついさっきまでと比べて、俺の力が明らかに増している。

まともに戦えるかどうかも怪しいと思っていた鬼も、何とかなりそうな気がしてくる。

心なしか、聖剣が放つ輝きも強くなっている気がする。

そして、聖剣が生み出す衝動《しょうどう》も、やはり以前と比べて明らかに強くなっていた。

「正義……正義……駄目だ！　これを受け入れると、鬼《あれ》と同じ末路《まつろ》をたどることになる」

衝動は、一秒ごとに積《つ》み重《かさ》なり、気を抜いたら意識を持っていかれそうになる。

カウントダウンがなくなったということは、今の聖剣召喚には制限時間がないのだろう。

つまりそれは、暴走したときのストッパーが消滅したということだ。

「GAAAAAAAAAAA！」

魔剣に取り込まれた鬼は、獣みたいに吠《ほ》える。

だからこそ俺は、この衝動に流されないように、少しでも冷静さを心がける必要がある。

「どうした、来ないのか？　来ないなら、こっちから行くぞ！」

「GRR……GRRR！」

「やはり言葉は通じないか。仕方ない、すぐに終わらせてやる」

このまま放っておけば、魔剣に完全に取り込まれて自滅《じめつ》しそうにも見える。だが、それは俺もあまり変わらない。

やつが自滅するのが先か、俺が聖化に塗《ぬ》りつぶされるのが先か。そんな勝負をするつもりはない！

だったらむしろ、俺の方から攻める！

「……ッダア！」

「GAAAA！」

突き出すように振り下ろした聖剣の一撃は、魔剣に取り込まれた鬼――魔鬼の魔剣でしっかりと受け止められた。

ガリガリと、金属と金属が削《けず》り合う音が響き、聖剣と魔剣から火花が散る。

拮抗《きっこう》しているように思えた。ただ、単純な力の差では、俺の方が勝っていたらしい。

少しずつ少しずつ、ぐりぐりと聖剣を押し込んでいき、あと一息で押し切れると思った瞬間に、俺の両手にかかる圧力が消滅した。

魔鬼は後ろに下がり、バランスを崩した俺に追撃を加えようとする。だが、その動きは読めていた。

いや、そうなるように誘導したという方が近いか。

あえて後ろに逃げ道を用意しておいて、全力で剣を押し込んでみせる。

真の勇者との戦いの中で身につけた剣の戦いの駆け引きがうまくいき、敵を思った通りに動かせた。

そしてそのまま俺は、バランスを崩すことなく一歩踏み込んで、無理な体勢で回避したせいでよろけている魔鬼に聖剣で斬りつける。

「食らえ、正義の鉄槌《てっつい》を……」

ぼそっと呟《つぶや》きながら、聖剣を右下から左上に、逆袈裟《ぎゃくげさ》に斬り上げる。

魔鬼は魔剣で防御するが間に合わず、聖剣は確実にその身体を斬りつけた。

だが、敵を倒した手応《てごた》えではない。バットで殴《なぐ》った感触《かんしょく》に近い。どうやら、魔鬼の身体に生えている魔物の剛毛《ごうもう》のせいで、斬撃《ざんげき》というよりも打撃に近い攻撃になってしまったらしい。

それでも十分にダメージを与えることには成功したみたいで、数メートル吹き飛ばされて壁に直撃した魔鬼は、魔剣を杖にしないと立ち上がれないくらい弱っていた。

その様子を見て、背中にくっついたままになっているオニビたちからも応援の声が飛ん

でくる。

「イツキ！　今だよ！　あの悪魔を倒すチャンスだよ！」

「ああ、分かってる。正義のためにも、今ここでやつを倒さないとな……それこそが正義の……」

「えっと……イツキ？　さっきからせいぎせいぎって言ってるけど、せいぎって何？」

「それは……正義は正義だ。正しい行いだ。俺が戦っているのは、正義のためで……」

……そういえば、正義ってなんだ？

確かに、今の俺にとっては、目の前にいるあの魔鬼を討伐《とうばつ》することが正義なのだろう。

だが、魔鬼の側《がわ》からしてみればどうだろうか。そういえば俺は以前、似たような感覚に陥《おちい》ったことがあるな。

あれは、そう。俺が魔化と聖化を同時に発動させ、真の勇者に追い詰められたとき。

あのとき、今にも討伐されそうだった俺の姿と、今まさに俺に討伐されようとしている魔鬼の姿が重なった。

「イツキさん！　なぜ立ち止まるのですか？　あの悪魔を倒さないと、私たちオニビや、イツキさんの仲間たちが大勢傷つくことになるのですよ！」

そうか。俺以外、例えばオニビたちにとっては、まさしく俺があの魔鬼を倒すことが正義なのだ。

オニビが言うことも一理ある。だが、本当にそれが正しいことなのだろうか。

例えば話し合いで解決するとか、魔剣だけを奪い取って魔化を無理矢理解除させるとか。

人間にとって鬼は敵で、駆除すべき対象であるというのは、共通認識だと思う。だが、それは鬼にとっての人間も同じことなのかもしれない。危険だから殺して、仲間が殺されたから復讐《ふくしゅう》して。そんなことを繰り返しているから、いつまで経っても前に進まないのではないだろうか。

立ったまま固まってしまった俺の様子を見て、魔鬼はいぶかしげな表情を一瞬浮かべた。

いつの間にか体力はかなり回復してしまったようで、再び反撃の姿勢をとり「GRRRR」と威嚇《いかく》のうなり声を上げている。

オニビたちに話しかけられて考え事をしている間に、俺は千載一遇《せんざいいちぐう》のチャンスを逃してしまったのかもしれない。

「ごめんなさい、イツキ。私が変なことを言ったせいで……」

「いや、むしろこれでよかったんだと思う。ありがとう、オニビ。少し冷静になれたよ」

「ならいいけど……」

聖化の影響が出ているのだろう。今も心の中では「正義のために」とか「正しいことを行う」という感情が、雪のように降り積もっている。きっと一人で戦っていたら、いつの間にか正義の雪原に一人で立ち、何もかも見失っていただろう。

何が正義で、何が悪なのか。正義を行使する俺自身は、本当に正義の使者なのか。それとも悪魔の手先なのか。

そんなことは、分からない。だけどそんなこととは関係なく、あの魔鬼は、倒さざるをえない。いや、倒したい。

村人を襲った鬼は許したくないし、魔化に感情を塗りつぶされたあの鬼を放置するわけにもいかない。

この気持ちは、正義とは関係ない。俺自身の感情だ。

一度気持ちを落ち着かせるために、大きく息を吸い――

「すう〜〜〜〜っ」

「はあ〜〜〜〜〜っ」

肺《はい》に溜《た》めた空気を一気に吐《は》き出した。

正義の感情の雪はやみ、いつの間にか心の天気は綺麗《きれい》に晴れ渡っていた。

俺が気持ちを切り替えている間に、魔鬼は肉体をさらに強化することにしたようだ。

今のままでは、俺には勝てないと考えていたのか……いや、あの様子を見る限り、そんなことを考える頭が残っているとは思えない。

おそらく本能がひたすら力を求めた結果、無理矢理身体を変質させているのだろう。

魔化によって太く強くなっていた全身の筋肉は、弾けるようにさらに増大し、まだ成長を続けている。

　ボコッボコッと音を立てながら爆発的に膨れ上がった結果、その全長は三メートルほどになった。離れた距離でも見上げなければならないほどの大きさだった。

　すでに鬼の形などなく、その姿は獣というよりは毛玉……いや、魔力と肉の塊《かたまり》と言った方が近い有《あ》り様《さま》だった。

「哀《あわ》れだな。あれが魔剣に取り込まれた姿か」

　もしかしたら俺も、聖剣の衝動に呑《の》み込まれていたら、似たような姿になったのかもしれない。それでも俺が踏みとどまれたのは、一人ではなかったことが大きい。

　すぐ近くにオニビがいて、彼らが話しかけてくれたから、冷静さを保つことができた。

　それに俺には、ここにはいないアカリやシオリ、ティナさんや他の勇者たちという仲間もいる。

　だからこそ、自分自身を見失わずにすんだ。それが俺と魔鬼との違い、なのかもしれない。

　俺が特別優《すぐ》れていたとか、あの鬼が自分勝手で愚《おろ》かだったとかではなく、単に俺の運がよくて、魔鬼の運が悪かったってことなのではないか。

　それは、魔剣を抜いたのが、俺ではなく魔鬼だったということも含めて。

「だとしたら、俺にはやはりあの肉塊すら、悪と断定《だんてい》することはできないな」

「GRAAAAAAA！」

俺の呟《つぶや》きを聞き取ったのか、魔剣に呑《の》み込まれた魔鬼が叫《さけ》び声を上げた。まるでその声は「見下《みくだ》すな！」とか「哀れむな！」と叫《さけ》んでいるようにも聞こえる。

肉塊は、増大しすぎた体重のせいで動くことができないらしく、威嚇《いかく》するだけで、向こうから攻めてはこない。

俺は一歩ずつ、ゆっくりと冷静に。聖剣を正面《しょうめん》に構えて、油断せずに近づいていく。

そして、あと一息で聖剣が届きそうな距離まで近づくと――オニビが不意に叫《さけ》んだ。

「イツキ、何かが出てくる！」

オニビの警告が聞こえるとほぼ同時に、肉塊から一本の腕らしきものが生えてきた。

腕の先端《せんたん》には鋭い爪が生えていて、弾丸のような速度で俺に向かってくる。

「うおっと……危《あぶ》ない……」

俺はその腕をすっとかわして回り込み、肘《ひじ》のあたりを聖剣で斬り落とす。斬り落とされた腕は、びくりと震えて地面に落ち、動きを止める。そして、ボロボロと崩れて灰になって消えた。

「あんなこともできるのか。油断していたら危なかったな」

「イツキ、気をつけて！　また次が来るよ！」

「しかも今度は、数が多いみたい。一つ、二つ、三つ……とにかくいっぱい！」

「おいおい……マジかよ！」

確かに魔鬼の肉塊からは、ボコボコとさっきの腕と同じものが無数に生えてきた。

俺が後ろに飛んで距離を取るのと、無数の腕が襲いかかってくるのはほぼ同時だった。

一つ一つの動きは直線的だから、回避するのも斬り落とすのも簡単なのだが、数が多くてきりがない。

それでも一歩ずつ後ろに下がりながら、一本ずつ丁寧に斬り落としていくことで、とりあえず全ての腕を処理することはできた。しかし――

「イツキさん、次、来ます！　さっきよりも強いのが、さっきよりもたくさん！」

「まあ、そうだよな。これで終わるわけがないよな……」

腕を斬り落としたにもかかわらず、魔鬼はさっきよりも膨れ上がっているように見える。

つまり、いくら腕を斬り落としたところで、本体にはほとんどダメージが入っていないのだろう。

だから、次の攻撃が来ること自体は予想できたのだが、ボコボコと生えてくる腕は、今度は素手《すで》ではなく……無数の魔剣を握りしめていた。

「クッソ……マジかよ！」

生えてきた腕は、俺に襲いかかる前にブンブンと魔剣を素振《すぶ》りする。

これは、早めに倒した方がよさそうだ。

時間をかけるほど敵が進化していく。敵はその場を動くことができないのだから、間合いに入ることさえできれば……

などと、甘い考えをしていたのが悪かったのだろう。

無数の腕を生やした肉と魔力の塊《かたまり》は、無数の足を生やして立ち上がり、地面をスライドするように俺へ突き進んできた。

「イツキ、どうするの？」

「どうするも、こうするも」

敵は、足の動かし方がよく分かっていないのか、当初足をもつれさせながらゆっくり動いていた。しかし、少しずつ学習を重ね、徐々に動きがスムーズになっている。

魔鬼本体は、魔剣を持った無数の腕に守られており、うかつに近づけそうにない。

やはりあのとき、とどめを刺しておくべきだったか……などと後悔《こうかい》しても、もう遅い。

だから結局のところ……

「逃げるしか、ないだろ！」

「だよね！　逃げよう！」

逃げると言っても、あれを倒すのを諦《あきら》めたわけではない。罠《わな》を仕掛けてどうにかするか、洞窟の構造を利用して不意打ちを仕掛けるか。いずれにせよ、あんな化け物を放置するわけにはいかないが、ここで正面から戦っても勝ち目は薄い。

これは、逃走ではなくて、そう。戦略的撤退《てったい》だ！

肉塊と化した魔鬼から逃げて洞窟の中を適当に走り回っているうちに、どうやらやつは俺を見失ったらしい。

岩陰の隙間《すきま》から観察していると、やがてあらぬ方向へゆっくりと移動しはじめた。

「ふう……とりあえず、あいつを振り切ったな」

「そうみたいだね。でもイツキ、あれをあのままにしておくわけにはいかないよ？　倒す方法も考えないと」

「確かに。とはいっても、結局のところ、俺が本体近くまで踏み込んで聖剣で一太刀《ひとたち》浴びせるしかない。そのための作戦を考えないといけないが……」

魔鬼は、触手《しょくしゅ》のように無数に生える魔剣を持つ手を引っ込めておらず、丸っこい胴体にはいつの間にか、目の形をした器官が無数にできていて、ギョロギョロと常にあたりを見回している。

近づいて攻撃するのは、容易《ようい》ではないだろう。

「ところで、あいつが今どこに向かっているのか、オニビたちには分かるか？」

「うーん……」

しばし悩んだオニビは、思い当たることがあったようだ。

「ねえ、もしかしてあいつ……」

「うん。多分そう、間違いないよ。イツキ、僕たちの推測が正しかったら、あいつは今、ちじょうにつながる光の間を目指して移動しているよ！」

「はい。枝分かれした道を一直線に選んでいるので、間違いなさそうです」

地上を目指している？　……どういうことだろうか。

オニビたちの言うことが本当だとしたら、あの魔鬼は俺を倒すことを諦《あきら》めたのか？　魔化の衝動は強烈な怒りのようなものだから、俺の姿を見失ったぐらいで冷静さを取り戻せるとは思えないが。だとしたら、やつにとっては、俺を倒すこと以上に重要な目的……というか、俺以外に倒すべき敵のような者がいるのか？

詳しいことは分からないものの、いずれにせよ、あれが向かっている先は分かった。だったら、先回りして不意打ちを仕掛けて、やつが地上に出る前にとどめを刺す！

「オニビたち、どこか、隠れて攻撃できる場所を知らないか？」

「あるよ！　任せてイツキ！　案内するからついてきて！」

そう言って、背中についていたオニビが俺の前に行き、ふわふわと先導するように進んでいく。

俺がついていくと、オニビは徐々に速度を上げ、やがて俺たちは崖のようになっている地形にいた。

「イツキ、このままいけば、そのうちあの悪魔はこの下を通るはずだよ！」

「どうやらそのようだな。よし、じゃあここから飛び降りる感じで奇襲《きしゅう》を仕掛けるか」

元の世界にいた頃であれば、高さが数メートルはある崖から飛び降りるのは、危険だっただろう。

だが、この世界に来てレベルが上がって、しかも聖剣を握って聖化までしている状態であれば、何の問題もない。

遠くからは、魔鬼が地面や壁を削《けず》りながら進んでくる騒がしい音が、少しずつ近づいている。とりあえず、聖化の姿《このすがた》は遠くからも目立つから、聖剣は消しておいて……よし、聖剣を消すことはできるみたいだ。

人間の姿に戻ると、聖化で強化されていた感覚が元に戻るが、暗闇の中でも派手に動く魔鬼の場所は、手に取るように分かった。

目を凝《こ》らしてそちらに視線を向けていたら、オニビはなぜか、魔鬼の方ではなく、その少し先に意識を向けていた。

「イツキさん……あれ、何かいませんか？　あそこです……」

「え？　何かって、何が？」

オニビに言われて見てみても、特に何も……

「イツキ、あれだよ！　あそこに五匹ぐらい、小さな悪魔がいる！」

「地面を揺らして近づいてくる悪魔の音に、びっくりしているように見えるね」

もう一度目を凝《こ》らせば、魔鬼の進行方向に五匹の小鬼がいた。洞窟の奥から大きな音を立てて進行してくる魔鬼の気配を察知して、パニック状態に陥《おちい》っているようにも見える。すぐに逃げていれば、やり過ごせたのかもしれない。しかし、彼らは判断が遅かった。鬼たちの目の前に、数メートルはある巨大な魔鬼の肉塊がぬっと現れた。そして、無雑作《むぞうさ》に振り払われた無数の魔剣に、身体は切り刻《きざ》まれて、灰になって消滅した。

「敵も味方も関係なしかよ！」

「そんなことより、イツキ！　来るよ！」

「ああ、分かってる。オニビたち、しっかり掴まっていろよ！」

小鬼たちを蹴散《けち》らした魔鬼は、そのときほんの少しだけ速度を緩《ゆる》めたが、すぐに元のペースを取り戻し、地上に向かって直進してくる。

近づいてくる魔鬼を観察すると、あの魔鬼の身体は半球状になっていて、その横を一周するように腕が生えていた。つまり、横からの攻撃には強いのだが、真上には何もなく、胴体をさらけ出している。

「これなら、行けそうだな」

あの魔鬼は、自分よりも大きい存在や、真上からの攻撃については想定していないようだ。そこが弱点となっているのは間違いない。

ギリギリまで聖剣は出さずに、気配を殺したまま無音で崖を飛び降りる。

重力に引かれて空気抵抗を肌に感じると同時に、魔鬼の背中が近づいてくるが、まだ聖剣は発動させずに、ギリギリまで待って――

「……今だ！」

空中で、落下しながら右手に聖剣を召喚し、体をひねって全力で斬りつける。

落下の威力を上乗《うわの》せした聖剣が直撃した魔鬼の身体は、ミシッミシッという、きしんだ音を立ててひびが入る。さらに、メキメキと巨体を支えていた無数の足が潰《つぶ》れていき……大量の土埃《つちぼこり》を巻き上げながら、一メートルほど体が沈《しず》み、動きを止めた。

「やったか……？」

確かにこの一撃で、魔鬼は歩みを止めたようだが、どうにも、いやな予感がする。

念のためにとどめを刺そうと、魔鬼の背中の上でバランスをとって立ち上がり、聖剣の追撃を与えた。

「ＧＲＲＲＲ‼」

魔鬼がすさまじい咆哮《ほうこう》を上げた瞬間、触手の数が倍近くに膨れ上がる。背中に乗っている俺に向かって、無数の魔剣が襲いかかってきた。

「イツキ！　危ない！」

「分かってる！　だけど……」

どうにかして聖剣でとどめを刺そうとするが、ぐらぐら揺れていて、しっかりと踏ん張ることができず、それどころか足を滑《すべ》らせてしまった。

魔鬼の肉塊の上を滑《すべ》り落ちているとき、適当に聖剣を突き刺そうとしてみても、カツンと軽い音を立ててはじかれてしまった。どうやら、こいつに有効なダメージを与えるためには、さっき俺が攻撃して内側が剥《む》き出しになっている場所に、もう一度全力で攻撃するしかなさそうだ。

だが、目の前には魔剣を握る無数の触手が立ちはだかっている。近づくことは簡単ではない。

「クソッ、飛び降りるぞ！」

オニビたちが体にしっかりと張りついているのを確認してから、地上に向かって飛び降りる。

体を回転させて地面に着地し、勢いのまま走って距離をとり、振り返って魔鬼の様子を確認する。相手は足が潰《つぶ》れて動けなくなっていた。

一時的な足止めには成功したが、もごもごとうごめいているのを見る限り、再び足を生やして動き出すのは時間の問題だろう。

「オニビ、ここから先に、同じような潜伏《せんぷく》場所はあるか？」

「あるよ！　あるけど……」

オニビたちの視線の先を見れば、確かに奇襲を仕掛けるのにはちょうどよさそうな場所があった。

オニビたちは何かを危惧《きぐ》しているが、そんなことを気にしている余裕はない。

俺は聖剣を出したまま全力で走り、次の場所にたどり着くと、そこには先客がいた。

「その魔力……ノワール様でゲスか？　見た目が変わってるようでゲスが……」

「そうだ。よく分かったな。お前たち、どうしてこんなところに？」

あたりを見回すと、他にも何匹もの鬼が隠れていた。

「ノワール様、お気づきかと思いますが、凶悪《きょうあく》な化け物が現れて、洞窟で暴れているでゲス！」

「おれっちたちは、全員で協力してあれを倒すことにしたでゲス！　ノワール様も、協力してほしいでゲス！」

鬼たちは、最初はチームに分かれて別々に洞窟を探索していたのだが、魔鬼が暴れているのを見て、少しずつだが集まっていったという。

あの魔鬼は、鬼でも関係なく襲いかかってくるし、この洞窟で危険な存在はあれだけだから、鬼たちが警戒するのも早かった。

すでにいくつかのチームが斥候《せっこう》を出していて、ついさっき俺が魔鬼に襲撃《しゅうげき》を仕掛けてダメージを与えたところも、多くの鬼たちに観察されていたらしい。

俺の真似《まね》をしているのか、別の高台から飛び降りて攻撃している鬼が何匹かいるが、全て返り討《う》ちに遭《あ》っていた。

今のところ、足止めに集中していて、本格的な作戦行動は始まってもいないようにも見える。

どこかで作戦会議をしているのなら、できればそれに混じりたいと思っていたら、ちょうど小鬼たちに案内されてついていった先で、中型の鬼や大型の鬼が輪《わ》を作って話し合っていた。

「あの……ノワール様、おれっちたちはこれで……」

俺を案内した小鬼たちは、周りの鬼たちの視線に耐《た》えられないのか、腰を低くして走り去っていった。

この視線は、小鬼たちではなく俺に向いているみたいだから、彼らがビビる必要はどこにもないと思う。ただ、よく見ると周りの中鬼や大鬼の周りにも小鬼の姿は見当たらないから、これが当たり前なのかもしれないな。

それに、ここに集まった中型以上の鬼だけでも結構な数になるので、これ以上余計なギャラリーを増やさないというのは理にかなっているのかもしれない。

とりあえず、俺は見た目が変わっていることもあるし、改めて彼らの前で名乗ることにしよう。そう思って一歩前に出て、話をしようとした瞬間、他の鬼が先に口を開いた。

「ノワール様、先ほどの攻撃、お見事でした！」

「ん？　俺の姿は前と変わっているはずだが……？」

「何をおっしゃいます！　ノワール様の魔力は以前とお変わりなく、その輝きも以前のままですよ？」

「輝き……オニビのことか？」

どうやらこの鬼たちは、俺のことを魔化した見た目ではなく、魔力やオニビたちで判断していたらしい。

さっきの小鬼たちは、俺のことをちゃんと観察していたから、見た目が変わったことに気がついた。だが、他の鬼にとっては、聖化から魔化への変化《このぐらいの》は、それこそ「髪切った？」程度の違いしかないだろう。

まあ、俺としては都合がいいが、逆に言えばいくら見た目を魔物っぽくしても、鬼たちの前では無意味だということにもなる。今後は気をつけた方がいいのかもしれないな。

「まあ、それは別にいい。それよりも、お前らの今の状況を教えてくれないか？」

「いえ、我々もついさっき集まったばかりです。ちょうど今から、臨時《りんじ》の代表を決めようとしていたところですが……」

「話し合っていたのだが、まとまらなくてな。そこで、いっそのことノワール様を代表とすればいいのでは？　ということになったのだ！」

「そうか……いやまあ、どうせあの魔物を倒すまでの代表だろ？　だったら誰でもいいと思うんだが……そういう意味だと、俺でも別にいいのか……」

正直、代表が誰かなどどうでもいいことな気がするのだが、他の鬼にとっては重要らしい。

ここで俺が拒否《きょひ》すると、話が進まなくなりそうなので、遠慮なく俺がその役割をやることにしよう。

「分かった、じゃあとりあえず、俺がお前らの代表ってことで。それで、魔鬼《あれ》を倒す作戦を考えたいんだが……何か、情報を持っているやつはいるか？」

反応を待っていると一匹の中型の鬼が、手を上げて前に出てきた。

ただ、俺から許可をもらうまでは口を開かないように遠慮しているみたいだった。

「そこの……お前、何か知っているのか？」

「いえ、その……あの、仮面をかぶった仲間のことを、知りませんか？　先ほどから、その……見当たらないのですが……」

どうやら彼は、魔鬼の情報を話したいわけではなく、気になることがあってそのことを話したかっただけのようだ。

だから遠慮していたのか。それにしても、仮面をつけている鬼って……

「ああ、それなら……」

「ノワール様、彼女のことを知っているのですか？　大切な人なんです！　教えてくれませんか？」

「それは……」

仮面をつけている鬼というのは、鬼たちが支配していた村で俺に話しかけてきた鬼のことで、俺を追跡して魔剣のありかにたどり着いた鬼で……つまり、それはまさに俺たちが今戦おうとしている魔鬼のことなのだが……

しかし「あの魔鬼こそが、お前の言う大事な人だ」――そう答えるのはあまりにも忍《しの》びない。

答えを探して黙っていると、鬼は勝手に勘違《かんちが》いして、今にも泣きそうな声で聞いてくる。

「ノワール様、もしかして彼女は、あの化け物に殺されたのですか？」

「まあ、そういう……ことだ」

嘘をつくことは心苦しいが、ここで否定すると、彼に真実を話さなければならなくなる。

彼が項垂《うなだ》れると、他の鬼が手をあげたので、促《うなが》す。

「ノワール様……どうやらあれは、ノワール様が攻撃をした箇所《かしょ》をかばっているように見えます」

「ということは、やつの弱点は頭頂部《とうちょうぶ》ってことか？　だったら、そこに集中攻撃を加えれば！」

俺がそう言ったところ、すかさず別の鬼が首を横に振った。

「いや、だめだ！　何度かチビどもにやらせているが、周りの触手が多い上に強すぎてそもそも近づくことすらできねえ！　それに、たどり着いたやつが攻撃を入れても、半端《はんぱ》な攻撃じゃびくともしねえ！」

やはり、そうか。

しかも魔鬼は、さっきの俺の攻撃をすでに学習して、触手を上方向にも生やしていた。さっきのように無防備な場所に攻撃をするのは難しそうだ。

「だったら、俺が仕掛けるしかないのか。だが、もう一度試しても、うまくいく保証はない」

「それよりも、ノワール様にはやつの足止めをお願いしたいです！　やつの注意をノワール様に集め、その間に我々が遠距離から、魔力で攻撃を仕掛けたいのですが。いかがですか、ノワール様」

なるほど、確かにそちらの方が、確実性は高いのかもしれない。

あの魔鬼は、一度は俺を無視して地上に向かおうとしたが、それでもあのダメージを与えた俺のことを簡単に忘れているとは思えない。俺が目の前に現れたら、優先的に倒そうとしてくるだろう。その隙《すき》を突くのであれば、確かにうまくいく可能性が高いようにも感じる。

問題は、俺の危険度がかなり高いことだが、それでも俺一人であれをどうにかするよりは、確実か。

「分かった、それでいい。場所やタイミングは、お前たちに任せるから、決まったら教えてくれ。俺は、あれの様子を観察してくる」

本人がその場にいる状態で、その人物を駒《こま》として扱う作戦は立てづらいだろうと思ったので、俺はその場を離脱《りだつ》することにした。

俺は、鬼《彼ら》たちのことを疑っているわけではないのだが、同時に信用しているわけでもない。

だからできることなら、俺一人であの魔鬼を倒したいし、作戦が失敗したときは、俺だけでも無事にその場を離脱できるように準備をしておきたいからな。

と言っても、現時点でできるのは、周囲の地形を把握《はあく》することと、聖剣の制御に集中することぐらいだった。

今は聖化の状態もだいぶ落ち着いているのだが、しかし消えたわけではない。

距離を置いているという表現が近い。それゆえ、油断をするとまた聖化の衝動に襲われることになりそうだ。とはいえ、真の聖剣の力を解放するためには、この力と、何度も正面からぶつからなければならない。そんな気がする。

今すぐこれを解放するわけではないのだが、聖剣のことを理解するために、少しずつ向き合っていくことにしよう。

そして作戦を始めることになった。

魔鬼は無数の足を復活させて立ち上がり、ゆっくりと移動を再開した。

俺はそれを確認すると、岩陰から身体を出して聖剣を両手で握りしめながら、姿を現した。

これだけでもよかったのだが、身体を少しでも大きく見せようと背中に生えた翼に意識を向けたら、俺が思った通りに動いたので、そのまま左右に大きく展開させる。

「いや、マジかよ。これ、動かせたのかよ」

ここに来て、聖化の新しい能力に気がついてしまったが、別に空を飛べるようになったわけではないので、あまり気にしないでおこう。

俺がいる場所は、魔鬼の進行方向からは少し外れた位置だった。しかし、挑発したからなのか、それともあいつがまだ俺のことを敵だと認識しているからなのか、やつは怒りの咆哮を上げながら、一直線に俺の方へ向かってきた。

本体がたどり着く前に、長く伸びた触手が襲いかかる。

その手には魔剣が握られていたが、距離が離れているからなのか、動きは単調で読みやすい。

冷静に回り込み、腕の部分に聖剣を押し当てて斬り落とす。本体から切り離された腕は、ビチビチと地面で数回はねた後、力尽きたように動かなくなってから、バラバラと崩れて灰になっていった。

「イツキ！　次が来るよ！」

「ああ、分かってる！」

腕を二〜三本斬り落としても、まだ無数の触手が残っている。

こうやって本体から生えている腕を全部斬り落としたとしても、次の腕が生えてくるだけだろう。そういう意味で、俺がやっていることは端《はた》から見たら無意味なのかもしれないが……

「ノワール様！　次の攻撃に合わせて、いけるでゲス！」

「了解！　頼むぜ！」

魔鬼が近づいてくるほど、襲いかかってくる触手の数も増える。

数が増えたところで問題なく回避はできるのだが、次から次へと休みなく襲ってきてキリがない。

このままではじり貧《ひん》か……そう思った瞬間、ついに鬼たちによる攻撃が始まった。

魔鬼は、腕の大半を俺への攻撃に割り当てていて、自身を守る触手は数えるほどしかない状態だった。

そんな中、鬼たちによるものと思われる様々な魔術が発動する。

ある鬼は魔力のこもった矢を放ち、ある鬼は瞑想《めいそう》しながら呪文を唱《とな》え、特殊《とくしゅ》な魔術を発動させている。魔鬼の足場を崩す魔術を発動させる者、魔鬼を守る触手を払う者、そして本命の一撃の儀式に加わる者――

計算された緻密《ちみつ》な攻撃というわけではないのだが、鬼同士がうまいこと協力し合っているからなのか、次々と腕が振り払われて、がら空《あ》きになった背中に、隕石《いんせき》のような魔術の一撃が命中した。

「GYAAAAA！」

攻撃を受けた魔鬼はつんざくような悲鳴を上げた。攻撃を受けた部分からピシピシと音を立て亀裂が広がっていく。

「やったか？」

「イツキ、まだだよ！　まだあれの中の魔力は生きている！」

これで倒したのかと思ったが、即座にオニビに否定された。外殻《がいかく》にダメージを与えることはできたのだが、倒すには威力が足《た》りなかったらしい。

「イツキさん！　このままだとあいつは、すぐに回復してしまいます！」

「分かってる！　だが、どうすれば……」

魔鬼の背中には巨大な傷が残っているが、すでにその傷は少しずつだが塞《ふさ》がりはじめている。

あと少しで倒せそうなのだが……しかし、中途半端な攻撃では傷を広げることすらできそうにない。

さっきのと同じ威力か、せめて半分ぐらいの攻撃ができれば……

そうだ、だったら、もう一度同じ攻撃を繰り返せばいいじゃないか。

「鬼たち《おまえら》！　俺がもう一度足止めをする。さっきのやつをもう一度……できるか？」

岩陰に隠れてこちらを見ていた小鬼たちに、聞いてみた。当然賛成してもらえると思っていたのだが、返ってきたのは予想と違う答えだった。

「む、無理でゲスよ、ノワール様！　さっきの攻撃は、おれっちたちの全力でゲス！」

「そうでゲス、ノワール様！　みんな、さっきので満身創痍《まんしんそうい》になってるでゲス！」

言われてみれば、確かに。この小鬼たちはさっきまでと比べて痩《や》せ細ったように見える。

あちこちに視線を向けると、座り込んでいたり、ひどいとその場に倒れ込んでいたりする鬼もいた。

「あと一撃……威力は多分、さっきの半分ぐらいでもいいんだ！　それでも無理か？」

「ノワール様、見ての通りでゲス。無理なものは無理で……」

そこまで言うのなら仕方がない。俺一人でなんとかするか。

そう思って、泣き言を重ねる小鬼をなだめようとしたら、奥から別の大鬼が、大きな手で押しのけて現れた。

彼自身も肩で息をしていて、顔はやつれているが、体が大きいからなのか、小鬼と比べると消耗《しょうもう》が少なく見える。

「ノワール様、そいつらじゃ話にならねえ。要するに、あれを倒せる攻撃をすればいいんだろ？」

「あ、ああ。そういうことになるが、できるのか？」

「そうだな……一度だけなら、撃つことができる。だがそのためには、準備の時間が必要だ。ノワール様、時間稼ぎをお願いできるか？」

「……それは！　だめでゲス！　そんなことは、だめでゲス！」

「そんなことをしたら、おれっちたちの命が！」

「うるさい、黙れ！　ノワール様が命をかけて戦っているのに、俺たちが命をかけないで、どうするんだ！」

「「……」」

大鬼の提案に彼らは必死で抵抗しようとしたが、一喝《いっかつ》されると、黙り込んでしまった。

次の攻撃は、鬼たちにとっても命懸《いのちが》けの一撃になるのだろう。

だとしたら俺も、命をかけるつもりで、あいつの足止めをしてみせる。

「覚悟はできているってことか。それも、正義の形なのかもな。分かった、時間稼ぎは任せろ」

　魔鬼は既《すで》に、さっきの攻撃から態勢を立て直しはじめている。

　このままだと、鬼たちが命をかけた攻撃をする前に、全滅しかねない。

「それじゃ、俺はやつの足止めに行ってくる！　そっちは任せたぞ！」

　回復してからでは足止めをすることは難しい。

　そう思った俺は、再び魔鬼との死闘へ向かって走り出した。

　今までは、不意打ちを仕掛けたり囮《おとり》になったりしたが、今度はそういう小細工《こざいく》は通用しない。

　改めて正面から向き合うと……やはり、でかい。

　手負《ておい》いの獣ほど恐ろしいというが、今の状況はまさしくそんな感じだ。まがまがしい雰《ふん》囲気《いき》が漂っており、うかつに近づけない。だが、ここでやつが回復するのを待つわけにはいかない。

「GRRR……GRRRRR」

　俺がゆっくりと歩き出すと、魔鬼はうなり声を上げながら、触手と魔剣で牽制《けんせい》してくる。

　本来なら、相手の間合いを見極《みきわ》めてから近づきたいのだが、そうこうしている間にも魔鬼の身体は少しずつ修復《しゅうふく》されていく。

「う……うおお！」

覚悟を決めてさらに踏み込めば、大量の魔剣が襲いかかってきた。

一撃一撃に魔剣の力がこもった嵐《あらし》のような攻撃は、一つの意思を持っているかのごとく、完璧《かんぺき》な連携《れんけい》だった。

これだけの剣がうごめいているにもかかわらず、魔剣同士がぶつかることはなく、俺を的確に殺そうとしてくる。

俺はそれを、何とか紙一重《かみひとえ》でかわしつつ、何とか進んでいく。

「ウオラッ！」

行く手を塞《ふさ》ぐ触手の壁を聖剣で斬り裂くと、その奥から、剣山のように無数の魔剣が飛び出してきた。

「さすがに、この量は避けきれない……いや待て」

だがよく見ると、これは魔剣を握った手が襲いかかっているのではなく、無数の魔剣が本体から直接射出《しゃしゅつ》されているらしかった。

魔剣は元のと比べて小さく、投擲《とうてき》用にアレンジされているようだ……だが、これなら！

聖化によって強化された動体視力と身体能力で、魔剣を叩《たた》き落としながら前に進む。

すべての魔剣を迎撃《げいげき》する必要はない。回避し、避けきれないものだけを聖剣で弾き飛ばし、少しずつ魔鬼本体に近づいていくのだが――

次の瞬間。空気を切り裂くような音とともに、斜《なな》め上から何かが近づいてきた。

それは、丸太ほどの大きさの、巨大な魔剣だった。

「小型化ができるってことは、巨大化もできるってことかよ！」

俺に向かって大魔剣が振り下ろされる。さすがにこの剣を受け止めることはできない。

大魔剣を防いだら、その間俺は隙《すき》だらけになり、小魔剣を防げなくなる。だから、こちらはかわすしかない。

前進をやめて一歩後ろに下がると、さっきまで俺がいた場所に大魔剣が突き刺さる。

確かに威力は大きいが、速度的には大したことがない。そう思って前に進もうと顔を上げたら、魔鬼から大魔剣を持った腕が無数に生えていた。

今度は縦《たて》ではなく、横方向に。俺を左右から挟《はさ》むように二振りの大魔剣が迫《せま》ってくる。

これは、まずい！

上方向にしか逃げ場がない俺は、先のことは考えずに、一瞬身を沈めて溜《た》めを作ってからそのまま高く跳び上がる。

聖化した勇者の脚力によって、俺の身体は数メートル以上跳び、俺の真下で大魔剣同士が衝突《しょうとつ》して粉々《こなごな》になる。

だが、空中では自由に身体を動かせない。

魔鬼は、大魔剣の制御がうまくいかないのか、空中にいる俺に対しては小魔剣の射出しかしてこない。ただ、俺が地面に着地した瞬間を逃すことはないだろう。

少しでも考える時間が欲しい。だが、重力にひかれて俺の身体は地面に落ちていく。できるだけ空気抵抗を大きくしようと、身体を広げようとした瞬間、俺の身体は空中に固定された。背中の羽が、淡《あわ》く熱を帯《お》びているようにも感じる。

「……あれ？」

何もない空中で羽を動かすと、自由に身体が動く。

この羽はただの飾りじゃなくて、本当に空を飛ぶこともできたのか。

「イツキ！　すごい、僕たち、飛んでるよ！」

背中のオニビの一体が興奮《こうふん》している。

「あ、ああ、どうやらそうみたいだな」

翼の動かし方はなんとなくしか分からないが、それでもどうすれば空中で動くことができるのかは、直感的に理解できた。

筋肉の動かし方を理解していなくても、歩いたり走ったりはできるのと同じだ。

動こうと思えば、翼が勝手に動いて、自在に空を飛ぶことができる。

「イツキ、危ない！」

空を飛んで考え事をしている間も、魔鬼による小魔剣の射出は止まらない。

だが、自在に空を飛べるようになった今、こんなものは大した脅威《きょうい》ではない。

洞窟を大きく飛び回ることで回避して、魔鬼に近づく機会を窺《うかが》おう。

「……だめだ、やっぱり簡単には近づけない！」

小魔剣の攻撃はやむことがないから、立ち止まることはできないし、やつに近づけば大魔剣や、普通の魔剣も待ち構えている。

機動力で勝《まさ》っても、数の差を埋めることは簡単ではない。

「あのさ、イッキ。だったら、こっちもこの距離から攻撃すればいいんじゃないの？」

「そうだよ！　イッキは、何か攻撃できる魔法を使えないの？」

「魔法と言っても……俺のギフトは聖剣と洗浄《ウォッシュ》だけだからな。いや、待てよ？」

さっきから、魔鬼《あいつ》は小型化した魔剣を無数に投擲《とうてき》してくる。

魔剣にできるのに、聖剣にできないとは考えにくい。

二本目の聖剣を召喚……は、無理そうか。

だが、やはり――

「聖剣は投げるもの！」

適当に叫《さけ》びながら聖剣を思いきり投擲《とうてき》する。

回転して魔鬼へと飛んでいく聖剣は、小魔剣の迎撃を振り払って、魔鬼の背中に突き刺さった。

魔鬼にとってこの攻撃は想定外だったのか、驚きと痛みの混じった悲鳴を上げる。

「GYAAA！」

俺は空中からその様子を確認する。聖剣が手元から離れても聖化は解除されなかった。聖剣を再召喚しようとすると、魔鬼に刺さっていた聖剣が消滅し、代わりに俺の右手に現れた。

今のでも確かにダメージを与えられたが……やはり、投擲《とうてき》では威力が弱いな。

俺は散発的に飛んでくる小魔剣を適当にいなしながら、作戦を考える。

聖剣を投擲《とうてき》しても致命傷《ちめいしょう》にはほど遠い。やはり、完全に足止めするために、近づいて直接聖剣で殴《なぐ》りたいが、それはさっきのように防がれてしまう……ならば！

まずは聖剣を、魔鬼の方へゆっくりと、弧《こ》を描くように投げつけて、やつの注意を剣に引きつけた。

その間に俺は、羽を閉じて気配を消し、地を縫《ぬ》うように魔鬼の足下まで駆け寄る。

俺の思惑《おもわく》どおり、魔鬼は聖剣に気をとられ、すぐ近くまで来た俺には気づいていない。

そして俺は、聖剣を再召喚する。

空中で回転していた聖剣は消滅し、代わりに俺の右手へと戻ってくる。

「食らえ！　これでどうだ！」

全力で羽を動かして空中を駆けた俺は、大きな傷跡の残る魔鬼の背中にたどり着く。

そこで、傷跡に向かって全力で聖剣の一撃を放つ！

バキッバキッ……！

金属がひしゃげるような、鈍《にぶ》い音を響かせながら、魔鬼を覆う堅《かた》い殻《から》が崩れ、中から無数の触手が湧《わ》き出してきた。

「おまけだ、死ね！　正義のために！」

聖剣にありったけの魔力を流し込んで再び振り下ろすと、白い光が爆発するように広がった。

残されたのは、鬼一匹分の残骸《ざんがい》と、ガランと音を立てて転がった一振りの魔剣だけだった。

「ふう……これで、何とかなったか……」

俺が魔鬼を倒したことで、鬼たちが無理をしなくてよくなった。

そう思って一瞬だけ気を抜くと、オニビが慌《あわ》てた声を上げた。

「イツキ、危ない！　ここから逃げて！」

「ん？　何を言っているんだ？　この通り、魔鬼はすでに倒したぞ」

「魔鬼ではありません！　あの悪魔どもです！　イツキさんが討伐しても、魔術を止めようとしません！」

「なに？　どういう……ことだ……？」

鬼たちがいた場所に視線を向けると、そこでは何匹もの小鬼や中鬼が、洗脳《せんのう》でもされているかのようにうつろな瞳で呪文を唱えている。さらに、その周りで数匹の大鬼が、下卑《げび》た笑《え》みを浮かべて音頭《おんど》をとっていた。

「ガッハッハ！　いけ、このままノワール様ごと焼き払え！　敵はまだ生きている！　お前らの命を絞《しぼ》り尽くせ！」

俺が鬼たちをにらみつけると、向こうもそれに気がつき、わざわざにやりと笑ってみせた。

どうやら俺は、あの鬼どもに裏切られた……というか、最初からいいように使われていただけらしい。

まさか俺が一人で魔鬼を倒せるとは思っていなかっただろうが、いずれにせよやつらは最初から、俺も攻撃に巻き込んで、魔剣を独《ひと》り占《じ》めする予定だったにちがいない。

翼を広げて、正義に反する鬼どもを退治しようとするが、それは一瞬だけ間に合わなかった。

無数に転写された魔法陣から鎖《くさり》のようなものが飛び出して、俺の足や腕に巻きついて自由を奪う。そして、本命と思われる特大の魔力が剣先の形に姿を変え、拘束されて動けない俺のもとに押し寄せた。

とっさに聖剣を使って魔術の鎖の切断を図《はか》る。だが、これは間違いだった。

思ったよりも鎖は固く、そして数が多い。

拘束から抜けて回避するのでは間に合わない。そう判断して、今度は防御の姿勢を取ろうとするが、敵の攻撃に合わせた適切な体勢を取ることはできなかった。聖剣が盾になるように身体の前に構えて、全身に力を入れるので精いっぱいだった。

直後、魔力の直撃が来る……と思っていたら、突然魔力は散り散りになり、壁や床に衝突して消滅した。

まるで、攻撃の方が俺を避けたかのように。

派手に土煙《つちけむり》を上げるが、俺に直撃しそうなのは一部だけだった。

その一部を聖剣でさばいていると、煙幕《えんまく》の向こうから大鬼の声が聞こえてくる。

「ガッハッハッハッハ！　いかなノワール様といえど、これだけの攻撃を受けて無事なはずが——ぐぶっ」

声を頼《たよ》りに聖剣を投げつける。見事に命中したようで、すぐに静かになった。

剣を投げたときの風圧で視界が開ける。するとそこには、頭に聖剣が突き刺さった大鬼の姿があった。

大鬼は、最期《さいご》まで何が起きたのか理解できていないであろう間抜《まぬ》けな表情のまま灰になって消えていった。

「次、俺に殺されるのは、どいつだ？」

「ひ、ひええ……いや、やつはもう満身創痍《まんしんそうい》のはずだ！　次弾を装填《そうてん》しろ！　戦える者は突撃して、時間稼ぎだ！　いけ……ぎゃああああ！」

騒がしい鬼がいたので、聖剣を再召喚して投げつけたのだが、少し狙いがはずれてしまい、腕を斬り落とすだけで、倒すことができなかった。

仕方がない。

「再召喚……今度こそ消えろ」

もう一度聖剣を、狙いを定めて投擲《とうてき》する。今度はしっかりと命中して、首が胴体から斬り離された。

「さて、次は……」

「い、いけ！　やれ、魔弾を撃て！　チャージが足りない？　知るか、関係ない、絞《しぼ》り尽くしてでも撃て！」

「う、わあああ！　俺が時間稼ぎをする！　お前ら、あとは任せたぞ！」

ドスドスと足音を立てて、大鬼が突っ込んできたので、手元に引き寄せた聖剣で容赦《ようしゃ》なく斬り刻んで灰にし、ついでに俺を拘束していた魔力の鎖も破壊する。

「さて……」

残る大鬼は一匹だけ。こいつを殺せばおそらく、操《あやつ》られている鬼たちは解放されるのだろうが……。

「間に合わなかったな！　すでに術式は完成した！　さっきの数倍の威力があるこの一撃を、お前は防ぎきれるかな？」

大鬼がそう言うと、高密度《こうみつど》の魔力の攻撃が俺に向かって放たれた。

羽で空を飛んでよければそれで終わる。だが、俺はあえてこの一撃に正面から向き合いたい。

こんな卑劣《ひれつ》なやつらに対して、負けたり逃げたりしたという結果を残したくなかったのかもしれない。

莫大《ばくだい》な魔力の弾丸を、俺は聖剣で迎《むか》え撃つ。

聖剣で魔弾を斬りつけると、ガリッという手ごたえとともに、刃に触れたところから真っ二つに割れ、俺の左右の後方で、爆発音を残して消えた。

渾身《こんしん》の一撃がたやすく無効化されたことに気がついた大鬼は、絶望の表情を浮かべながら、腰を抜かして後ずさりしている。

「た……助け……お助け……」

「俺としては別に、お前を倒したところで何もいいことはないわけだが……逆に、生かしておく理由もないんだよな。お前は俺を裏切った。正義のない者に、生きている価値はないだろ?」

近づいて聖剣を振り下ろすと、最後に残った大鬼も灰になって消滅する。

これで、俺に害意を持つ者はすべて討伐が完了した。

聖剣の召喚を解除して、元の姿へ戻ると、そこに広がっていたのは……地獄《じごく》のような光景だった。

ついさっきまで普通に生きていた大鬼は、跡形《あとかた》もなく消滅している。

そして、大鬼に操られていた中鬼や小鬼は痩《や》せ細り、倒れて動くことができない者がほとんどだった。

かろうじてピクリと動く鬼がいたので近づいてみたところ、それは今まで俺についてきてくれていた小鬼だった。

「ノワール様……ご無事で、ゲス？」

「あ、ああ。俺は無傷だ。お前たちは？」

「おれっちたちは、もうだめでゲス。力を使い果たして指先も動かないし、もうじき命の火が消えるのも、なんとなくわかるでゲス……」

「……そうか」

確かに小鬼たちは、見るからに弱り果てていて、すぐにも息絶《いきた》えそうだ。

このまま放っておいても勝手に死ぬだろうし、今から助ける方法も、残念ながら、思いつかない。

せめて最期ぐらいは見守ってやろう。そう思っていたら、小鬼は力を振り絞《しぼ》るようにして話を続けた。

「ノワール様……ノワール様は、もしかして、外来者……ではないでゲスか？」

「外来……？　なんだ、それは？」

「言葉の通り、外の世界から来た種族のことでゲス。ノワール様が魔族でないことには、みんな気づいていたでゲス。それでも、おれっちにはノワール様が人族にも見えなかったんでゲス。だから、もしかしたら……って、思ったんでゲス」

「外の世界から来た……そういう意味では確かに、俺はこの世界にとっては外来種だ。この世界の人間たちは、俺たちのことを勇者と呼んでいるが」

「やっぱり、そう……だったんで、ゲス。外来者は、この世界の命を食らって成長すると、聞いたことがあるでゲス……だったらおれっちも、死んだらノワール様の一部になれるんでゲス？」

「命を食らう……経験値の話か？　そういう考え方をしたことはなかったが、そうだな。きっとお前も、死んだら俺の一部になるんだと思う。すまないな、お前たちのことを最期まで利用するような感じになってしまって……」

「それは……よかったで、ゲス。おれっちたちみたいな劣等種《れっとうしゅ》でも、ノワール様の一部になってお役に立てるなら、生きた甲斐《かい》があったってもので……」

　小鬼はそう言って、命を散らして消滅していった。

　今まで意識したこともなかったが、その命が経験値として、俺の中に流れ込んでくるのが、分かる。

明野樹
年齢：17
レベル：60
スキルポイント：271

ステータスカードを確認すると、いつの間にか信じられないぐらいにレベルが上がり、ポイントもかなり溜《た》まっていた。

小鬼一人分の経験値はささやかなものなのだろうが、それでも確かに俺の中で彼らの命は糧《かて》となっているにちがいない。

第二章　勇者の捜索《そうさく》

第二次勇者であるティナちゃんたちに支配された街の偵察《ていさつ》から帰ってきた私――アカリとシオリちゃんは、さっそくその結果を報告しようとした。だけど、王様たちは忙しいみたいで、すぐには会えなかった。

王宮の中に私たち専用の部屋を用意してあるということだったから、ひとまずその部屋に案内してもらうことにした。

私とシオリちゃんはそれぞれ、机の上に荷物を広げて、壊れているものがないかを確認したり、足りないものがないか確認をしたりしていたんだけど……

「アカリ、大変です。見てください、これを」

「シオリちゃん？　どうしたの、そんなに慌《あわ》てて……それって、イツキ君のカードだよね？」

そんなとき、シオリちゃんが突然大声を上げた。

シオリちゃんが私にカードを差し出すので、受け取って確認する。

「シオリちゃん、このカードがどうかしたの……って、あれ？」

「そうなんです。イツキの名前が、表示されなくなっているんです……」

イツキ君のステータスカードを確認すると、彼の名前の部分だけがすっぽりと抜け落ちている。そして、能力値の部分も、ところどころ文字がぼやけるように少しずつ消えていった。

まるで、カードが「イツキ君の情報を表示する必要がない」と判断したみたいに……

「これって、どういうことなのかな……」

「わかりません。ですが、イツキの身に何かが起きたと考えるのが、妥当《だとう》かと……」

「やっぱりそうだよね。だったら今すぐ、イツキ君のところに戻らないと！」

「いえ、待ってください、アカリ。さすがに無断《むだん》でいなくなると、あちこちに迷惑が……」

「確かにそうだけど！　でも！」

「落ち着いてください、アカリ。私たちはちょうどこれから、王や真の勇者たちと会う約束があります。そのときに、事情だけでも伝えましょう。もしかしたら協力を得られるかもしれません」

「それは、そうかもしれないけど……」

本当は、今すぐイツキ君のところに戻りたいけど、シオリちゃんの言うことにも一理ある。

私たちは、この村を魔物から守る要《かなめ》というか、切り札《ふだ》のような役割だから、勝手にいなくなったら迷惑をかけることになるし、心配をかけることにもなると思う。

それに、私たちが逃亡したってことになって追跡隊とかを組まれたら、イツキ君のことを確認するどころではないし……それなら、多少時間がかかってでも他の人たちを説得するべき、なのかな。

「そうだね。まずは、王様たちに話をしてからにしよう」

「そうしましょう。では、少し早いですが、向かいましょうか」

私とシオリちゃんは、荷物を鞄《かばん》にしまうと、用意されていた部屋を出て、王様たちと待ち合わせをしている会議室へ向かうことにした。

指定の時間よりもだいぶ早く会議室についた私たちは、中に人の気配を感じたのでノックをしたら、「はい。どうぞ」と、返事があった。

ドアノブに手をかけて「失礼します」と言って扉を開けると、赤髪の勇者君が一人、疲れた顔で椅子《いす》にかけていた。どうやら、他の人はまだ来ていないみたい。

「アカリさんと、シオリさんか。ずいぶん早いな……」

「それは君もね！　ねえ、疲れてるように見えるけど、大丈夫？」

「ああ……まあ、ぶっ通しで魔獣狩りを続けていたからな。だが、ひとまず俺が抜けても大丈夫な状態にはなったらしいから、この会議が終わったら休ませてもらうつもりだ」

「そうなんだ……無理はしないようにね」

赤髪君は本当に疲れが溜《た》まっているみたいで、それだけ話すと、目をつぶって黙りこくってしまった。

私とシオリちゃんは、彼がいる席の向かい側に並んで座り、そのまま静かに待つことにした。

しばらくシオリちゃんと小声で話をしながら待っていたら、いつの間にか忍者君が話に交じっていた。それからもう少し経ったところで、豪快《ごうかい》に扉が開いて、王様と魔術師長さんと、真の勇者と錬金術師《れんきんじゅつし》のおばさんが、四人並んで部屋に来た。

吸血鬼君は、今は赤髪君の代わりに前線で戦ってくれていて、会議には参加しないから、これで全員がそろったことになる。

王様は、ざっと部屋を見渡して、数を数えるように指を動かしてから言った。

「よし、そろっているな。それでは状況を共有しよう。まずは我から。今の状況はよくはないが、最悪でもない。王宮に召喚された第二次勇者どもが何をしているのかは気がかりだが、そっちは後で二人に話してもらおう。まずは、魔物どもに関して、赤髪の勇者から伝えてもらおうか」

王様に話を振られた赤髪君はゆっくりと椅子から立ち上がる。

「ああ。都市の防衛は今のところはなんとかなっている。気がかりなのは、敵が少しずつ強くなっていることだ。魔界で見かけた、人型に近い鬼のような魔物が魔獣を使役《しえき》しているらしく、統率《とうそつ》された動きをしてくることもやっかいだな。今のところ敵も様子見《ようすみ》といった感じで、鬼の魔族自身は高みの見物を決め込んでいるみたいだが、いつ状況が変わってもおかしくない」

「そうか……分かった、報告ご苦労。下がって休め」

「いや、話は最後まで聞かせてもらう。後から聞くのは二度手間だしな」

そう言うと、赤髪君は椅子に深く座り直して、腕を組み両目を閉じた。

寝ているように見えるけど、体力の回復に集中しながらも、ちゃんと話は聞いているみたい。

「うむ、よかろう。では次に……」

赤髪君の説明が終わって、王様は次に忍者君に話を振ろうとしているけど、割り込ませてもらおうかな。

「あっ、次は私たちが報告してもいい？　急いで伝えたいこともあるから」

「そうか、分かった。ではお前たちに頼む」

王様にとっては予想外だったのかもしれない。ただ、私とシオリちゃんの真剣な眼差《まなざ》しを見て、すんなり納得してくれた。

順番を譲ってもらったのだから、遠慮なく話をさせてもらう。

「まず、私たちが潜入した、元王宮のあった街のことだけど……あそこはあそこで、かなり安定しているみたいだったよ。ね、シオリちゃん」

「はい。逃げそびれた街の人は普通に暮らしていましたし、一度避難《ひなん》したものの戻ってきた人たちや、別の村から避難してきた村人も大勢いるようでした」

「うん。圧政に苦しめられているとか、そういう感じではなさそうだった……少なくとも私には、そう見えたかな」

「私もアカリと同意見です。街の人からは、第二次勇者はある程度受け入れられていると感じました……」

私とシオリちゃんが街の様子を伝えると、他のみんなは「うーん」とうなり、悩んでしまった。

赤髪君は、第二次勇者と直接刃を交えたらしいし、王様や魔術師長さんは街を追い出された立場だから、納得いかないのかもしれない。

でも、そっちは本題じゃないから、説明はこれぐらいでいいかな。

「あの街の報告はこれぐらいだよ。それで、ここからは少し違う話なんだけど……まずはみんなに、これを見てほしいんだ」

そう言ってシオリちゃんに目配《めくば》せをした。彼女に、イツキ君のステータスカードを王様に手渡してもらう。
　さっと内容を確認した王様は、隣《となり》にいる魔術師長さんに渡す。そのまま順番に回しても
らい、全員が一度ずつ確認してから、シオリちゃんが説明を始める。
「これは、イツキのステータスカードです。見てほしいのは、この部分――イツキの名前
が消滅して、他の部分の表記も消えています。これは、イツキの身に何かが起きた可能性
が高いと、私とアカリは考えました」
　魔術師長さんが「もう一度見せてくれ」と言うので、私のもとに返ってきていたカード
を手渡す。
　彼は目を細めるようにしてじっとカードを観察すると、大事そうにカードを返してく
れた。
「なるほど……わしはこのカードについて詳しいわけではないが、これを見る限りイツキ
殿はすでに……」
　私としては、イツキ君がまだ生きていると信じたい。でも、魔術師長さんの言っている
ことにも一理あると思えてしまう。
「やっぱり、そう思いますか？　でも、イツキ君が生きている可能性は、まだ」
「そうですよ。イツキが死んだと決めつけるには、まだ早いです！」
　私とシオリちゃんが声を荒《あら》らげると、赤髪君が片目を開けて、すっと手をあげた。

「ちょっといいか？　その件だが、カードを見る限り、イツキは死んだわけじゃないと思うぜ？」

彼は、この場にいる誰とも違う意見だった。

その言葉を聞いて、魔術師長さんが真っ先に反論する。

「なぜそう言い切れる？　カードから名前が消えるなど……イツキ殿の身に何かあったとしか思えぬだろう？」

「何かがあったのは、間違いないんだろうが、死んだからと言って、名前が消えるわけじゃないからな」

そう言って赤髪君は、懐《ふところ》に大事にしまっていた二枚のカードを取り出して、机の上に置いた。

「これは、俺をかばって死んだ二人の勇者の遺品《いひん》だ。見ろ、死んでもカードから名前は消えていない。これがその証拠《しょうこ》だ」

そこには、それぞれに所有者の名前がしっかりと、墓標《ぼひょう》のように刻まれていた。

「君を守って……それって、あのときの？」

「ああ、そうだ。魔王が人間界を襲ったあの日。これはあのとき俺をかばって死んだ、二人の勇者のステータスカードだ。見ての通り、勇者の名前は、たとえ持ち主が死んで灰になっても、カードに刻まれ続ける。だからきっと、イツキの名前が消えたのには、別の理由があるはずだぜ」

「そうなんだ……」

赤髪君は、なんでもないことのように話をしているけれど、思い入れもないのにいつまでも遺品を持ち歩いたりはしないよね。

余計な気遣《きづか》いをさせないために、強がっているのかな。

とにかく。そのステータスカードには、私たちのカードと同じようにはっきりと名前が書かれていて、特に消えかかっていたり、文字がかすれているということもなかった。

赤髪君の言うとおり、名前が消えたからといって死んでいるというわけではなく、むしろ何か別の事態が起きている可能性が高い……みたい。だとしたら！

「なおのこと、私たちがイッキ君を助けに行かなきゃダメだよね！」

その言葉を聞いて、他のみんな、特に魔術師長さんと王様が苦《にが》い顔をする。

「アカリ殿、イッキ殿を助けに行くのはもう少し待ってくれぬか？　我々には今、他に優先すべきことがあるのじゃ……」

「そうは言うけど、じゃあいつになったら私たちは自由になって、イッキ君を助けに行けるの？　誰かが魔王を倒してこの国が平和になってから？　第二次勇者の人たちと和解してから？　それっていつ？　何ヶ月後？　何年後？　私たちはこの国の人のために力を貸したいけれど、そんなに長くは待てないよ！」

「それは、そうなのじゃが……」

私の言葉を聞いて、魔術師長さんも王様もそろって口を閉じる。

多分、この人たちも私が言いたいことは分かっているんだと思う。それでも、人々を守るために、私という戦力を手放すわけにはいかないと考えているんだろう。

でも私は、仲間《イッキ君》を見捨てる気には、なれないから。

そう思って、キッと王様を見つめる。

赤髪君は、どちらの味方でもなく、中立の立場みたい。

忍者君は、きっと真の勇者のおじいさんの言葉に従うはず。真の勇者が今のところ何も言わないから、同じように目をつぶって黙っている。

錬金術師のおばさんは、口には出さないけど、王様たちの側についている気がする。

多数決だと、賛成が私とシオリちゃんの二人で、反対が王様、魔術師長さん、錬金術師のおばさんの三人と、私たちが負けていることになる。でも、こういうのは数の問題じゃない。

「ということで、止めても無駄だからね。私とシオリちゃんは、今からイッキ君のところへ――」

「アカリ、そのことなのですが……」

熱くなって結論を一方的に言おうとしたら、シオリちゃんが私の肩を軽く叩《たた》いて、話に割り込んだ。

「え、シオリちゃん？　まさかイツキ君のことを諦《あきら》めるなんて、言わないよね？」

「いえ、そうではなくて……ですが、彼らの言うとおり、アカリがここを離れるのは、リスクが大きいことも事実です」

シオリちゃんはそう言ってから息継《いきつ》ぎをして、決意のこもった目を私に向けてきた。

「ですので、イツキのことは私が見てきます。アカリはここに残ってください！」

確かに、シオリちゃんの言う通り、イツキ君のことは彼女に任せるのが一番いいのかもしれない。

本当は、私は一人でイツキ君を助けに行きたい。彼の身に何か危険が起きていたとき、一番戦力になれるのは、私か赤髪君だと思うから。

いや、シオリちゃんもレベルが高い勇者だから、実力的に問題はない。しかし私は、シオリちゃんにはここに残って、私とイツキ君の帰りを待っていてほしいと思ってしまう。

そんなのは私の我儘《わがまま》で、自分勝手なことで……それでも、やっぱりイツキ君の救出には私が行きたい。

「シオリちゃん、もしかしたら強力な魔物に遭遇《そうぐう》するかもしれないし……」

「アカリ、私も勇者の一人です。魔物なら問題なく倒すことができますし、危険になったら逃げることもできます」

「それに、もしイツキが特殊な状態になっていたときに、必要になるのは神霊術《アカリ》の『力』ではなく、図書館《わたし》の『知識』です」

「でも……」

「で、でも……！」

考えれば考えるほど、私じゃなくてシオリちゃんが行くのが正しく思えてくる。

ううん。きっと私は最初から分かっていた。シオリちゃんに言われて改めて自覚しただけ。

私の役割は、イツキ君が帰ってくるこの場所を守ることなんじゃないかって。

「分かった。じゃあ、私はそれでいいよ。王様、魔術師長さん、あなたたちも、シオリちゃん一人が抜けるぐらいなら、文句は言わないよね？」

「う、うむ。シオリ殿も重要な戦力ではあるのだが……致《いた》し方あるまい」

最終的に王様が許可を出したことで、この部屋に集まっている残りの人たちも納得してくれたみたい。

反対意見が出ないのを確認したシオリちゃんは、早速部屋を出ようと椅子から立ち上がった。

「それでは私は、これからイツキの様子を確認しに、洞窟へ向かいます」

「気をつけるのじゃぞ。そして、できるだけ早く戻ってくるのじゃぞ。お主も、人々を守る勇者の一人であるのじゃから、それを忘れるなよ？」

シオリちゃんは、別れの言葉を告げた魔術師長さんに「はい、わかっています」とだけ答えて、魔界に向けて旅立っていく。私たちはその背中を見送ってから、シオリちゃんが抜けた穴を埋めるために、役割や作戦の練《ね》り直す話し合いを再開した。

とは言っても、もともと作戦なんてあってないようなものだったから、結局は「臨機応変に対応しよう」という結論になるんだけどね。

そうして話がようやくまとまりかけたとき、椅子に座って話し合いに参加している忍者君とは別の忍者君が、扉を開けて部屋に飛び込んできた。

「お館様《やかたさま》！　一大事でござる！　……ついに、やつらが！」

忍者君は、部屋に入ると音もなく真の勇者にすり寄って、小さな声で耳打ちをする。

話を聞いた真の勇者は、「そうか」と一言だけ呟《つぶや》くと、視線を上げて全員を見た。

「お主ら、勇者が一人抜けたタイミングではあるのだが、魔王軍が動き出したようじゃ。到着までは時間があるが、我らものんびりしていられぬぞ」

「左様《さよう》。人間界と魔界の境界付近に待機させていた拙者《せっしゃ》の分身が、魔族の軍勢を見かけたのでござる。このペースであれば、今宵《こよい》か明日の朝にはこのあたりまで届きそうでござる」

忍者君は、どこからか取り出した地図をテーブルに広げ、その上に魔物の形をした駒を配置する。

私たちがいるのは、地図の真ん中から少し離れた場所にある村で、魔物の駒が置かれたのは、地図の右端《みぎはし》の隅《すみ》。私たちが魔界から戻ってきたときの道とは離れているので、この魔物たちは、全く別の場所から来ているのかな。

シオリちゃんが魔界へ向かうルートとはずれており、遭遇戦《そうぐう》になることはなさそうなのは安心なんだけど……

「忍者君、敵の数は？　強さは？」

「数は、すまぬ、数え切れなかったでござる。斥候《せっこう》が多く、気配を消していても気づかれる可能性があったので、途中で分身は消したのでござる。だが、鎧を着た鬼のような軍勢が数百と、獣型の魔物はその倍近く。空を飛ぶ巨大な影も数十程度あったことは確実でござる」

「なるほどね。それだけの数が押し寄せてきたら、今のこの村の守りでは耐えきれないかもね……」

シオリちゃんがイツキ君を連れ帰ったときに、この村が消えてなくなってしまっては意味がない。

そういう意味でも、この村を守る方法を考えないといけない。でも、きっと正面からぶつかったら、戦いに勝ったとしても、この村に大きな傷跡が残ることになると思う……

だったら！

何か作戦を考える必要があるよね。私がそう口に出そうとしたら、それよりも先に赤髪君が目を開けて大きな声で宣言する。

「それなら、俺が出る！」

赤髪君の気持ちは分かるけど、今の疲れ切った彼が、まともに戦えるとは思えない。

「ダメだよ、赤髪君は、今は休んで疲れをとらないと……」

「だが、この村を守れるのは俺しかいない。だから、俺がここで逃げ出すわけには……」

「だからこそ、だよ！　魔物の群《む》れと戦えるのは、万全の赤髪君だけでしょ？　時間稼ぎは私がやるから、赤髪君はしっかり休んで体力を回復していて！」

「ダメだ！　アカリさんに任せっきりにすることはできない！　俺が行く！　アカリさんはこの村を守っていてくれ！」

まったく……

どうして赤髪君は、私の話を聞かないの？　今の君になら、私でも簡単に勝てそうだよ……って言っても、火に油を注ぐことになりそうだし。

忍者君に目配せをしても、ふるふると首を横に振るだけで、何も言ってこない。

忍者君の手刀の一撃で意識を……みたいなのを想像しちゃったんだけど、さすがにそこまで万能ではなかったのかな。

だったら私がと、そう思った瞬間、部屋中にアロマのような香りの煙《けむり》が充満した。息を荒《あら》らげていた赤髪君は、煙を吸った瞬間に静かになって、すぐに眠ってしまった。

みんなが何が起きたのか分からない中、忍者君だけが何かに気づいたらしく、錬金術師のおばさんに話しかける。

「今のは、錬金術師殿が？」

「はい、特製の錬金薬です。肉体の疲労を回復させて、心を落ち着かせる作用があります。彼はよほど疲れていたのでしょうね」

錬金術師のおばさんは、煙を噴き出す丸底フラスコを片手に持ちながら、落ち着いた笑みを浮かべている。

悔《くや》しいけれど、赤髪君を落ち着かせてくれて助かった。

それに、私自身の身体の疲れもとれていく感覚があるから、効果は確かなんだと思う。

彼女自身もこの煙を吸っているし、王様や魔術師長さんもこの煙を吸って平気そうにしているから、毒薬とか睡眠薬《すいみんやく》とか、そういうわけではなさそう。

「赤髪殿は、拙者が部屋まで運んでおくでござる」

「じゃあ私は、赤髪君の代わりに敵の様子を見てくるね。できそうだったら足止めとかもしてみようかな」

「魔王軍までの道案内とアカリ殿の補助《ほじょ》も、拙者に任せるでござる！　お館様も、しばらくお休みください……」

　元々部屋にいた方の忍者君は、その場でさらに二人に分裂して、そのうちの片方が赤髪君が起きないようにそっと担《かつ》いで部屋を出ていった。

　そして私と、さっき部屋に飛び込んできた方の忍者君の二人で、人間界に侵攻《しんこう》しようとしている魔族の大群のもとへ向かうことに。

「王よ、こうなってはここも安全とは言えぬ。いつでも逃げられるよう準備をしておくがよいのじゃ。そしてアカリ、ハルト。決して無理をするでないぞ」

「真の勇者のおじいさんもね！　この村の人たちのことは、任せるよ！」

　私はいつでも戦えるようにしていたから準備はできていたし、忍者君はそもそも準備をする必要もないみたいだったので、そのまま魔物の軍勢がいるという場所へ行くことにした。

　王様と魔術師長さんは、これからの作戦を考えたり、そのための下準備をしたりする。真の勇者や錬金術師のおばさんもそれを手伝うようだ。

　今、村の人や他の勇者たちに魔王軍の襲撃を知らせると、パニックになりそうだから、このことを伝えるタイミングは、王様たちに任せることにした。

　私たちがこの村を離れるのは、あくまで偵察という名目だった。

　いつもと変わらない盛大《せいだい》な見送りを受けた私と忍者君は、村を抜けて人の視線がなくなった瞬間に意識を切り替えて、真剣な顔で魔王軍が来ている方角へと全力で走り出した。

魔王軍を食い止めるために、敵の軍勢の行動ルートを予想して待ち伏《ぶ》せをしていると、魔界の方角から、忍者君の読んだタイミングで魔王の軍勢が姿を現した。

ただ一つ、私にとって想定外だったのは、敵の規模《きぼ》と、その練度《れんど》……かな。

魔王軍は、二十～五十人ぐらいでひとまとまりになっていて、規則正しく並んでゆっくり移動している。

巨大な盾を持っていたり、岩のように巨大な体格をしていたりで、壁役の魔物が四割ぐらい。

剣を持って、近接戦闘が得意そうに見えるのが二割ぐらい。残りの四割は魔術が得意そうに見える。さらに、その中の一割ぐらいは、攻撃よりも回復の魔術をメインに使うであろう見た目だった。

ただ単純に力押しをするのではなく、人間の軍隊みたいにしっかり統率されているから、勇者の力があっても簡単には切り崩せないだろうな。

そして、そんな強力な軍勢が、一つや二つではなくて、一定間隔《かんかく》でずらっと並んでいる。

「忍者君、あれはさすがに、私たちだけでどうにかできるような感じじゃないね……」

「それについては同感でござる。諦《あきら》めて戻るでござるか？」

「うーん……」

ここに来るまでは、相手が魔王の軍でも、私なら足止めぐらいはできるって考えていたんだけど、実物を目にしたら、それは間違いだったと思うようになった。

今まで人間界で倒してきた魔物や、魔界で戦った魔物とは、本質的に違うっていうか……

私一人が玉砕《ぎょくさい》覚悟で突撃すれば、部隊の一つや二つならどうにかできるかもしれない。ただ、その後は囲まれて手も足も出なくなりそう。

「でも、あれを放っておくのはまずいよね」

「やつらの目的が、人間界の支配であると仮定すれば、遅かれ早かれ戦うことになるでござる」

「だよね……」

戦っても簡単に勝てるとは思えない。でも、いずれは戦わないといけない敵であることもまた、事実だった。

こちらの戦力は、私と忍者君。村に戻れば赤髪君と吸血鬼君もいる。真の勇者のおじいさんは、無理はさせたくないとはいえ、それでも他の勇者と比べたら……。あとは、どれだけ戦えるのかは知らないけれど、錬金術師のおばさんとか。

この世界に元々いる衛兵にも手伝ってもらったとしても、数が圧倒的に足りない。

村にこもって籠城戦《ろうじょうせん》に持ち込んだところで、数も強さも向こうの方が圧倒的に上だから……

「ねえ、忍者君、これってつまり……かなりやばいんじゃない？」

「そうでござるな。唯一の救いは、やつらが向かっているのは我々が拠点《きょてん》とする村ではなく、第二次勇者どもが占拠《せんきょ》する街であることでござる」

「へえ、そうなんだ……」

忍者君によると、あの魔物たちは、ティナちゃんたちがいる、旧王宮のある街を目指して移動しているみたい。とはいえ、王宮の場所は知っていても、人間界で今何が起きているのかまでは知らないのかな。

それとも、王様とかは関係なく、王宮のある場所を支配すること自体が目的なのか。

……って、そうだ！

「ティナちゃんたちと協力すれば、もしかしたらあの魔王軍も押し返せるかも？」

「確かに、第二次召喚勇者は強力な存在でござるが、そもそも協力してくれるかどうか。それに、拙者たちにはやつらと連絡を取る手段が……」

「連絡なら、できるよ！　私、ティナちゃんから通信用の道具を借りてるから！　えっと、ここに魔力を流せばいいんだったかな？」

ティナちゃんから受け取っていた、通信用の魔道具をポケットから取り出して、魔力を流し込む。

石ころのような魔道具は私の魔力をしばらく吸うと、やがて充電が完了したかのように淡く輝き出した。

「あー、あー……ティナちゃん？　聞こえてる？　少し話をしたいんだけど、今、時間大丈夫？」

話しかけたら、石にこめた私の魔力が電波のように同心円状に広がっていく。

でも返事が来ないので、追加で「忙しかったらまた今度でもいいよ」とメッセージを送ったところ、その数秒後に今度は逆に、どこかから発信された魔力を魔道具が受信した。

『この反応……アカリですか？　今でしたら大丈夫ですよ。何かありましたか？』

どうやら無事に、私の声はティナちゃんに届いていたみたい。

ただ、距離が離れているからなのか、声が届くまでに時間がかかるのかな。電話みたいにスムーズにやりとりするのは無理そうだね。

「えっと、用事っていうか、いろいろ聞きたいことが……」

『いえ、大丈夫ですよ。今はちょうど移動中ですので』

うん、タイムラグがあるせいで、絶望的に話がかみ合っていない。

「そうなんだ、移動中だったんだ。えっと……」

『聞きたいこと？　私に話せることなら……あ～直接会って話しませんか？　今、どこにいらっしゃるんですの？　……いえ、こちらで調《しら》べます……あら？　ずいぶん変わった場所にいますのね。すぐに向かいますから、ちょっとの間、お待ちくださ い……』

そして、ティナちゃんからの連絡は途絶《とだ》えた。

ティナちゃんはこっちに来てくれるって言っていたけど、もしかしたらこの通信機にはGPSみたいな機能があって、向こうからは私たちのいる場所が分かる仕組みになっているのかも……

「忍者君、そういうわけで、ティナちゃんと合流することになっちゃった……」

「アカリ殿が知り合った第二次勇者でござるな？　拙者はかまわないでござるよ」

忍者君からも許可をもらえたから、ティナちゃんとの話を進めていく。

「ティナちゃん、待ち合わせ場所だけど、さすがにここだと何もないから、いい場所を探すね」

再び魔力をこめてティナちゃんにメッセージを送ってから、私たちは別の場所に移動することにした。

どこかいい場所はないかと探そうとしたら、忍者君が「それならいい場所があるでござる」と言ったので、彼についていくことに。

少し歩いてたどり着いたのは、小さな村だった。

この村は、魔王軍の進行方向から少しずれているものの、すぐ近くを通り抜けることになりそうだということで、忍者君はあらかじめ村の偉い人へ伝えに行った。

私は、ティナちゃんがいつ来ても大丈夫なように、村の小さな櫓《やぐら》に上らせてもらって、あたりをざっと眺める。

ついでに魔王軍のいる方角に視線を向ければ……まだかなり離れているけれど、確実にこちらに近づいているのが確認できた。

「改めてこうやって見ると、やっぱりすごい数の魔物だよね……」

「……そうでござるな。しかし、あれを倒さねば我らに勝利はないでござる」

「忍者君、戻ってたんだね……村の人は、なんて？」

「念のため、避難の準備をしておいてくれるらしいでござる。それと、アカリ殿、あちらを見るでござる。人間界の、魔物の森がある方角から、何者かが近づいているでござるよ！」

忍者君が指さした方角を見ると、確かに何かがものすごい勢いでこの村に近づいていた。

「何者か？　……あ、ティナちゃんだ。このペースだと、もうすぐ着きそうだね」

私と忍者君は櫓《やぐら》から飛び降りて、村から街道につながる道へと急いだ。

私たちが村の入口に到着したときには、すでに爽《さわ》やかに汗を拭《ぬぐ》っているティナちゃんがいた。

ものすごい距離をものすごい速度で移動してきたみたいなのに、ほとんど疲れた様子を見せていない。さすがはティナちゃんも勇者の一人。

「ティナちゃん、また会ったね！」

「アカリ！　お待たせしましたわ！」

ティナちゃんは、私を見つけると颯爽《さっそう》と駆け寄ってきた。

手を合わせて再会を喜びあう。話をした時間は短いはずなんだけど、互いに無事だったことが、なんかうれしいんだよね。

もしかしたら、私とティナちゃんは、結構相性がいいのかも。

きっと、こんな状況じゃなかったら、普通に仲のいい友達になっていたと思う。

「それで、アカリ。ご用というのは、もしかして、人間界に入ってきている魔物のことですか？」

「うん、そうなんだ。でもその前に、まずは私の仲間を紹介するね。この人は忍者君。私と一緒に召喚された勇者の一人だよ」

「ニンジャ……変わった名前ですのね。私はティナですわ。よろしくお願いします、ニンジャさん」

「……もうそれでいいでござる。こちらこそよろしくでござるよ、ティナ殿」

忍者君は、名前ではなく「忍者」と呼ばれたことに不満があるみたい。ただ、本気で嫌がっている感じではない……かな。

否定しないということは、もしかして実は、忍者と呼ばれることに満足しているのかも？

さて、ティナちゃんと忍者君の挨拶《あいさつ》が無事に終わったから、早速本題に入ることにしようかな。

「それで、ティナちゃん。ティナちゃんもあの魔物を見かけたの？　私がティナちゃんを呼んだのは、そのことなんだけど……」

「はい、魔物に襲撃されて占拠されている集落のことですよね？　私たちも、そのことでいろいろと準備をしていたのですが……」

「え？　集落？」

私が言いたかったのは、魔物の軍勢が人間界に攻めてきていることだったんだけど……村が占拠されている？

首をかしげて「あれ？」って思っていると、忍者君は何かを納得したかのように頷《うなず》いた。

「なるほど……で、ござる。おそらく敵は、軍の一部を先行させて進路上の村に攻撃を仕掛け、道を確保していたのでござろう。偵察のたびに敵が増えていたのは、気のせいではなかったということでござるな」

「それってつまり、これからさらに敵の数が増えるってこと？」

「おそらく、その通りでござる」

忍者君の推測では、魔王軍は人間界に来るときに、本隊を動かす前にいくつかの分隊を潜入させていて、事前に人間界の村をいくつか滅《ほろ》ぼしている。

もしその推測が正しければ、敵はここからさらに一回り数が増えることが予想される。

「ということは、ティナちゃんが言っている村以外にも、魔物に占拠された村はたくさんあるの？」

「おそらく、間違いないでござる。ティナ殿、拙者たちをその村に案内してはくれぬか？一つ村を奪還するだけでも、敵の行軍を遅らせることができるはずでござる！」

「ええ、いいですわよ。もともとそのつもりでしたし。私の仲間を援軍として集める予定でしたが、アカリやニンジャさんと協力すれば、到着を待つ必要はなさそうです。そうと決まれば、早速参りましょうか！　案内しますので、ついてきてください」

ティナちゃんはそう言って、早速歩き出した。

やがて、木の柵《さく》で囲われた小さな村が見えてくる。

村の周りには、小さな鬼の魔物が巡回《じゅんかい》していて、中からは強力な魔物の魔力も感じられる。

「おかしいでござる。このあたりは以前、調べているはずなのでござるが……」

小さな村とその周りにたくさんの魔物がいるのを見て、忍者君は不思議そうな顔をしている。

前に調べたときには何もなかったはずの場所に、見落とすとは思えない規模の村があるのを見て、目を疑っているみたい。

その呟《つぶや》きを聞いて、ティナちゃんが村の周りに生えている木に取りつけられた、四角い箱を指さした。

「それはほら、あれですよ。見てください、あそこに仕掛けてある魔道具を。あれが人間の感覚を狂わせているのです。原始的な術式ですが、あなたをだませるということは、効果は大きいみたいですね」

確かに、集中してみると、箱の周りには魔力らしきものが渦巻《うずま》いていて、何かの効果を発揮《はっき》しているようにも見える。

「私は、私の仲間……友達が、魔物の中に潜入してくれたので、この場所にたどり着けましたが、そうでなければ、私にも見つけることはできなかったと思います。だからニンジャさんも、気に病《や》む必要はありませんわ！」

「仲間？　ティナちゃんの？　その人は今、近くにいるの？」

「いえ、どうやら彼は、この村を離れて別の場所に向かったようです。オニビでも声が届かない場所なので心配ですが……まあ、彼なら大丈夫だと思います。それよりも、さっそくあの村に向かいましょう。作戦は、どうしますか？」

「アカリ殿とティナ殿は、正面から攻めてくだされ。拙者は逃げようとする敵を狩るでござる！」

「そうだね、じゃあ行こうか、ティナちゃん！」

「アカリ、競争しましょう！　どちらが多く敵を倒すか、です。それでは、スタートですわ！」


私たちが村に近づくと、村の中からぞろぞろと魔物が湧《わ》き出してきた。

魔物たちは全員、鎧と武器を身につけて戦闘態勢に入っている。物音を立てないように移動していたつもりだったけど、どうやら向こうはこちらに気がついていたみたい。

向こうがこちらを見る目は、敵意が半分、嘲笑《ちょうしょう》が半分だった。

結界を抜けてきた侵入者がいると思ったら、こんなかわいい少女が二人だったから、拍《ひょう》子抜《しぬ》けしたのかな。

「アカリ、行きましょう！　彼らに後悔させてやりましょう！」

「そうだね、ティナちゃん！　私たちの強さを見せつけてあげよう！」

ティナちゃんは、私とほぼ同時に魔物の村に向かって走り出す。

ティナちゃんが片手を伸ばすと、何もなかった空間にパッと剣が現れて、それを掴んだ。

これが、ティナちゃんのギフトなのかな。

私も、腰の剣を鞘《さや》から抜いて、神霊術で精霊たちを呼び寄せる。

「熱の精霊さん、風の精霊さん。精霊召喚！　精霊術！」

熱と風の精霊を剣に宿して、そのままうちわみたいに扇《あお》いで風を起こす。超高温を閉じ込めた見えない風は、村を守る魔物たちを直撃して——彼らはその場でバッと燃え上がる。

走りながらだったし、祈る時間も短かったから、叩《たた》けば消えちゃうような弱い炎なんだけど、敵をびっくりさせることはできた。そして私たちにとっては、これぐらい小さな隙《すき》でも十分だよね！

「ティナちゃん、今だよ！」

「アカリ、やりますね！　では私も！」

仲間が燃え上がったことでパニックになっている魔物の中に飛び込んだティナちゃんは、その場で剣を無造作に振って、敵を灰にしていく。

数十匹以上いた魔物はあっという間に片づいて、数秒後にはそこに立っているのは、ティナちゃん一人だけになっていた。

「ティナちゃん、やったね！　この調子でいけば楽勝かな？」

「いえ、アカリ、油断しないでください。どうやらあれが親玉のようです！」

「大きい……でも、あれぐらいならなんとかなるね」

ティナちゃんが目を向けた先には、三メートル以上はある、大きな鬼みたいな魔物が二匹立っていた。

小さな鬼の魔物は、その大鬼を守るようにして、狭い歩幅《ほはば》で走り回っている。

大きな相手を倒すだけなら、難しくないと思う。でも、周りを囲まれたりすると、厄介《やっかい》かな。

「私が片方をやるので、アカリはもう片方をお願いします！」

「任せて！　ティナちゃんも油断しないでね！」

ティナちゃんは片方の大鬼に向かって走っていったから、私は残った方を倒すことにした。

彼女は、魔女が箒《ほうき》にまたがるように、不思議な棒に腰を下ろして空を飛び、上空から爆弾のようなものを振りまきながら魔物を殲滅《せんめつ》していった。

そんなことを真似《まね》しようとしてもできないから、私は私にできることをしよう。

魔物を倒しても、奥からまた別の魔物が出てきた。さっきの攻撃を手伝ってくれた精霊たちは、まだ私の剣に残っている。だから、剣を振って風と炎で相手をびびらせ、小鬼の頭を踏み台にして鬼の群れの真上を突き進み、そのままくるりと大鬼の背中に回り込み、後ろから剣を突き刺す。

できるだけ胸元を刺したのに、体格差もあって致命傷にはならなかったみたい。しかも、この大鬼が筋肉で挟んでいるみたいで、思い切り剣を引っ張っても抜けない。

だったら仕方ないよね！　剣がボロボロになりそうだから試したくなかったんだけ

ど……

「精霊さんたち、お願いします！」

私の合図とともに、剣に宿っていた炎と風の精霊が暴れはじめ、爆発したみたいに剣が熱と風を噴き出す。

そのまま剣を押し込むと、相手の身体はジュウジュウと肉が焼けるような音を立てて崩れていき、最後に剣を引き抜いたときには灰の山だけになった。

中心に立っていたリーダー格が倒されたことで、他の魔物はどうしていいのか分からなくなったらしく、中央で仁王《におう》立《だ》ちしている私を呆然《ぼうぜん》と眺めている。同時に、私の剣も今ので一気に限界が来た。

刃はボロボロと欠けて、柄《つか》の留《と》め具が緩《ゆる》んだのか、振ると少しがたつく。

「やっぱり使いものにならなくなっちゃったか。王宮にもらったそこそこいいもののはずなんだけどね」

私の剣は、ＳＳレアのギフトを持った勇者のために用意された王宮の特注品だったから、代わりの剣を用意するのは簡単じゃないと思う。持って帰って、直してもらえればいいんだけど。

でも今は、先のことを心配している場合じゃないから、とりあえず剣は鞘《さや》にしまっておいて、ここからは他の方法で戦うことにしよう。

試しに、神霊術で呼び寄せた風の精霊を両手に纏《まと》わせる。そのまま手を前に突き出すと、確かに風は起こるんだけど、この風じゃあ、せいぜい少し吹き飛ばせるぐらいで、攻撃に使うのは難しいかな。

私の神霊術の能力は、防御面では優《すぐ》れているものの、攻撃のときは武器を使わないと有効に扱うのが難しいんだよね。

とは言っても、素手で殴《なぐ》って戦うのは嫌だし……

私が剣を鞘《さや》に収めて武装を解除したのを見て、周りの小さな魔物たちはじりじりと距離を詰めてくる。

王様を倒した人が新しい王様、みたいになってくれればよかったのに。でも、彼らは武器を私に向けたままだから、そんなことはないんだと思う。

本格的に、どうしようか悩む。敵から武器を奪ってそれを使うか、完全に壊れて修理《しゅうり》不能になるのを覚悟で私の剣を使うか。

そんなことを考えていると、全く関係のない方向から、大きなものが倒れる音が聞こえてきた。

そちらに目を向けたら、敷地《しきち》の隅に作られた簡素《かんそ》な木の檻《おり》から、魔物ではない、この村に元々住んでいたと思われる人たちが、列を作って逃げ出していた。

どうやら、私たちが暴れている隙《すき》に逃げようと考えて、だけどうっかり檻《おり》に触れて倒してしまった、ということなのかな……

「危ない！」

魔物たちは、私のことを無視して村人の方へと群《むら》がっていったから、私はそれを守るように宙を駆け、村人の前に着地し、風の精霊を込めた拳で魔物を遠くに吹き飛ばす。

そして、魔物たちを威嚇《いかく》しながら、村人を導いていた青年の近くに行って、話を聞くことにした。

「えっと……君たちは、この村の人？」

「はい。あなたが、私たちを助けに来た勇者様ですか？」

「そうだよ、私たちはみんなを助けに来たの。ここは私に任せて、君たちは先に逃げて！　外に行けば、もう一人勇者がいるはずだから！」

しかし、彼は逃げ出さず、逆に自分以外の人が逃げるのをじっと見守っていた。

その後、最後の一人が檻《おり》を抜け、村の外へ走っていくのを確認すると、彼は私に向かって深く礼をしながら、懐《ふところ》から何かを取り出した。

「勇者様、本当にありがとうございました。こちらは、以前別の勇者様から貸していただいた短剣です。私が持っていても仕方ないので、勇者様がご活用ください」

村人から渡されたのは、全体が夕日のような橙色《だいだいいろ》の、とても綺麗《きれい》な短剣だった。

短剣を軽く振ってみると……軽い！

金属の刃物を振り回しているとは思えないくらいに軽く、だけどプラスチックみたいな安っぽさは感じない。

風さえも斬り裂けそうな鋭さがあると同時に、素手で触れても大丈夫な安心感もある。

「これは……この剣は……？」

私たちの世界でも、こちらの世界でも、こんな剣は見たことも聞いたこともない。だから、一体どうやって手に入れたのかを聞きたかったのに……

それを聞く前に、剣を渡してくれた人は、村の外へ走っていっちゃった。

私が「君たちは逃げて」って言ったからしょうがないんだけど……落ち着いたらちゃんと聞こうかな。

それよりも今は、魔物を倒さないと！

ティナちゃんの向かった方を見ると、ちょうどあっちも大きな鬼を倒したところだったから、残るは取り巻きの小さな魔物だけなんだよね！

とりあえず、適当に数を減《へ》らしながら、ティナちゃんのところに行こうかな。

「ティナちゃん！」

「アカリ、そちらも倒したようですね。残りも片づけましょう！」

「そうだね！　数もそんなに多くないしね！」

ティナちゃんと合流した私は、引き続き魔物の討伐を続けていった。

この短剣は、魔物を相手にしても怖いぐらいによく斬れる。

相手が持っている盾も剣も関係なく、堅い金属の鎧ごと、バターにナイフを入れるみたいにスパッと斬れちゃう。

今はある程度この世界での戦いに慣れてきたし、大丈夫だけど、こんなものを最初に渡されたりしたら、いろいろ勘違《かんちが》いしちゃいそうだよね……

そのまま、逃げ惑《まど》う魔物をティナちゃんと倒して回り、大体全滅させたかなという頃合いで、忍者君が村の中に入ってきて、私たちと合流した。

「アカリ殿、手伝うでござるよ！」

「ありがとう、忍者君。でも、もう残ってないと思うよ？」

「いや、隠れているのが何匹かいるでござる。うまく隠れているようでござるが、拙者の目はごまかせぬでござる！」

忍者君が、建物の崩れた瓦礫《がれき》の山に手裏剣《しゅりけん》を投げ込むと、中から「ぎゃー」と鳴き声が聞こえて、すぐに静かになった。

こういう隠れている敵を見つけるのは、忍者君の得意分野みたいだね。

「ニンジャさん、やりますわね！　この村にはあと四匹の魔物が残っています。片づけてしまいましょう！」

「なるほど。それがお主のギフトの力でござるか……」

「はい！　私のギフトでこの村のことを調べたら、人口は『三人と、魔物が五匹』だったのですが、ニンジャさんが敵を倒した瞬間に『三人と、魔物が四匹』になりましたわ！」

「そうでござるか。逃がさぬように、村の周りには分身を配置しているでござるし、焦《あせ》らず確実に倒しきるでござる」

忍者君の言うとおり、ここで魔物を一匹でも逃がしてしまうと、魔王軍の本隊にも情報が伝わってしまう可能性があるからね。

それに、魔物が隠れているかもしれない状況では、ゆっくり休むこともできないだろうしね。

「でもさすがに、私たちが魔物を全滅させたとしても、村人たちがここに戻ってくるのは難しそうだよね」

「そうでござるな。彼らには拙者たちの村に避難してもらっているでござる。さすがにこの状況で戻ってきても、村人だけで生活することは難しいでござるし、かといって勇者が手伝う余裕も今はないでござるから」

「だったら私たちも、この仕事が終わったら村に戻ることになるの？」

「そのつもりでござる。早急に、魔王軍に対抗する手段を考えねばならぬでござる」

この村は、ほとんどの建物が壊されているか、魔物用のサイズに無理矢理拡張《かくちょう》されていて、人が住めるような状態ではないし、田畑はほとんど踏み荒《あ》らされてしまっている。

しかも、村人の数は、元の半分以下にまで減ってしまったらしいから。

「あなたたちの村へ戻るのもいいのですが、少しだけここで待機してもよろしいですか？　私の呼んだ援軍が、もうじき到着しますので」

ティナちゃんは、元々この村を魔物から救出するつもりでいて、そのための援軍を街から呼び寄せていた。

その援軍とはこの村で合流することになっていて、ティナちゃんの持つ魔道具の反応によると、その人たちはもうじきこのあたりに到着するみたい。

急ぐ理由がなくなったので、ゆっくり魔物を討伐していると、ちょうど最後の魔物を討伐したとき、強い気配を放つ数人の人がこの村に入ってきた。

一人は、一際《ひときわ》強い気配のおじさんで、残りのメンバーは若い人が多い。

そして、その一番強そうなおじさんは、ティナちゃんのことを見つけると一目散《いちもくさん》に駆け寄ってきた。

「姫、ただいま到着いたしました」

「将軍、他の者は？」

「急な呼び出しでしたため、先んじて我らだけ参りました。全軍出撃とのことでしたので、他の者は支度《したく》が調《ととの》い次第出立《しゅったつ》する手はずとなっています。到着は、明日になるかもしれませぬが」

姫と呼ばれたティナちゃんは、さっきまでとは別人のように、キリッとした表情で将軍と呼んだおじさんとやりとりをしている。

「そうですか、分かりました。これより私たちは、こちらの勇者たちが拠点としている村へ向かいます。状況の説明は移動しながらになりますが、とりあえず紹介だけはしておきましょうか」

「えっと……ティナちゃん、その人たちは？」

タイミングを見計らって私から問いかけると、ティナちゃんは私の方を見て、元の笑顔で彼らの紹介を始めた。

「まず、この大きな人が、我が軍の将軍。ギフトはSSレアの『大将軍』です。そして他は、私の兵隊のうち、Aランクギフトを獲得《かくとく》した四人です。それぞれの紹介は省きますが、もとより優秀な者なので、これからの戦いでも活躍してくれるでしょう」

ティナちゃんの紹介を受けて、彼らはそれぞれ膝をついて礼をする。

これは、こちらも名乗っておいた方がいいよね。

「私は、アカリ。ギフトは『神霊術』、SSレアのギフトだよ。そして、こちらは忍者君。ギフトは『忍者』で、こっちはSレアのギフト……だったよね？」

「左様。残りの仲間は、拠点に戻ってから紹介するでござる。ティナ殿、状況の説明はお主に任せていいでござるか？」

「任せてください！　それでは早速、村へと向かいましょうか！」

将軍さんと四人の勇者たちが合流して、八人組になった私たちは、最後にもう一度だけ生き残りの魔物がいないことを確認し、走って村に戻ることにした。

魔界から大量の魔物が攻めてきていることは、ティナちゃんから将軍さんにざっくり説明してもらって、さらに将軍さんから他の勇者に伝達されていった。

途中、Aランクギフトを持つ勇者が二人離脱したけれど、多分彼らは魔物の軍勢というのを直接目で確認しに行ったんだと思う。

そうして少し走ったら、私たちの村が見えてきた。

とりあえず私が見てきた魔物の情報を伝えるのと、あと、友達になったティナちゃんたちのことも紹介しないとね。


村の門を抜けて、王宮代わりの屋敷へと入っていく。

「ただいま、戻ったでござる！」

忍者君が声を上げると、執事《しつじ》が一人出てきて、私たちを案内してくれた。

私たちが戻るという情報は、忍者君が事前に伝えておいてくれたから、みんなは一室に集まって待っていてくれたみたい。

部屋に入ったところ、王様と魔術師長さんと真の勇者と、錬金術師のおばさんと赤髪君がいた。

まずは私と忍者君だけで中に入り、他の勇者たちには部屋の外で待っていてもらうことにした。

「アカリ、そして忍者よ。よくぞ戻った！」

部屋に入ってふすまを閉めたのを確認すると、王様は心底安心したような顔で迎えてくれた。

私たちは、魔物の軍勢を確認しに行っただけなのに、途中で村を救うという寄り道をして帰りが遅くなったから、心配してくれたのかも。

「それで、魔物はどうであった？」

「それよりも先に、紹介したい者がいるでござる。時間をいただいてもよろしいでござるか？」

そう言って、忍者君は返事も聞かずにふすまを開き直して、外で待機していたティナちゃんたちを呼び寄せた。

「この者たちは、第二次勇者でござる」

忍者君が紹介した瞬間、王様と魔術師長さんは慌《あわ》てたように腰を浮かせて、赤髪君はさりげなく王様と第二次勇者の人たちとの間に割り込んだ。

彼らは第二次勇者のことを敵と判断していたみたいだし、おそらく今もそれは変わらない。

だからまずは、そのあたりの誤解から解いていかないとね。

「みんな、落ち着いて！　ティナちゃんたちは、敵じゃないよ！」

「左様。それに今は、人間同士で争っている場合ではないでござる！」

私と忍者君の二人で説得をしても、なかなか警戒を解いてもらえない。しかも、ティナちゃんと将軍さんが出てきた時点では、まだ冷静だったけど、残りの三人が顔を出した瞬間……赤髪君の怒りが爆発した。

「き……貴様は、あのときの！」

「おやおや、誰かと思えばあなたでしたか。何かと縁《えん》がありますね。あのときの決着を今つけますか？」

「望むところだ！　表に出ろ！」

「その言葉、後悔することになりますよ？」

赤髪君は、この勇者と面識《めんしき》があったみたい。

というか、見ている感じだと、前に一度本気で戦ったことがあるのかな。

今まで敵同士だったみたいだから、受け入れられない気持ちは分かるんだけど、今は本当に、味方同士で争っている余裕はない。

そう思って二人の間に割り込んで、冷静になってもらうために話しかける。

「赤髪君、落ち着いて！」

「アカリさん、そこをどいてください！　……あなたは知らないかもしれないが、そいつらは街にいたこの村の人たちを何人も殺しているんだぞ！」

「それは、私も知っているよ。でも、ティナちゃんたちの手を借りないと、もっと多くの人が死ぬ……そうでしょ？」

「そうは言っても……」

多分、赤髪君も、理屈の上では分かっているんだと思う。ここで争ってもいいことはないって。

だからといって、簡単に仲直りできるほど、私たちの感情は単純にできていないってことなんだろうね。

私は、街が勇者に襲われる様子を見ていないから、本当の意味では赤髪君の気持ちを理解できない。それでも分かるところはある。でも……

「喧嘩《けんか》なら、やるべきことをやった後で好きなだけやってよ！　でも今は、形だけでもせめて、相手を受け入れてよ！」

「……そうだな。悪かった、熱くなってた……」

思わず大きな声が出ちゃったけど、それでようやく私の気持ちが通じたみたい。

そして、私が赤髪君をなだめて落ち着かせると、ティナちゃんも勇者に釘《くぎ》を刺すように命令した。

「クローフィー、あなたもこれ以上挑発することを禁じます。よろしいですね？」

「はーい。姫様には逆《さか》らいませんよ」

「まったく、一度負けた相手に悔しい気持ちをぶつけたいのは分かりますが、時と場合を選んでください」

「ぐぅ……」

一番強く反対していたこの二人が落ち着いたのを見て、私たちは手を組む方向で考えが固まった。

ティナちゃんは、赤髪君に向かって手を差し出した。

赤髪君は複雑な表情をしながら、仕方なさそうにその手を握り返した。

「あなたが、噂《うわさ》に名高い赤髪の勇者ですね？　私はティナ……第二次勇者の女王《じょおう》です」

「俺が赤髪の勇者、ユータだ。とりあえず魔王を倒すまでは休戦にしておいてやる。だが、俺はお前たちを許したわけでも、認めたわけでもないからな？」

「かまいませんよ。私もあなたたちを利用させてもらいますね！」

二人とも、仲良くなったというよりは、本当に同盟を組んだだけって感じみたい。

笑顔で握手《あくしゅ》をしているのに、握り合った手からミシミシときしむような音が聞こえるのは気のせい……かな。

その後、ティナちゃんは私たちの王様とも（こっちは握手はせずに）言葉を交わすと、最後に私のところに来た。

「そういうわけで、アカリ！　よろしくお願いしますわ！」

「こちらこそ、よろしくね……ティナちゃん！」

一部はギスギスした関係で、とても仲のいい集団とは言えないけれど、ティナちゃんと将軍さんを含めて五人の勇者が加わって、ようやくちょうど十人の、勇者の連合軍が成立した。

きっと、魔王を倒すには第一次勇者《わたしたち》だけでは足りないし、第二次勇者《ティナちゃんたち》だけでも足りないと思う。

二つを合わせても勝てる保証はない。でも、なんだろう。今までは勝ち目のない戦いに挑む空気だったのが、なんとなく勝てるかもしれないと思えるようになったのは……もしかしたら、ティナちゃんたちと合流することで、魔王を倒した後はどうするかを考えるようになったから……なのかもね。

とりあえず、第二次勇者側からはティナちゃんと将軍さんが、第一次勇者側からは赤髪君と私が、この世界の人の代表としては、王様と魔術師長さんが、それぞれ簡単に自己紹介をした。

仲良くなったとは言えないけれど、とりあえず目的は一致しているということで、早速作戦を考えることにした。

まずは私と忍者君とティナちゃんが、敵の規模についての報告をする。

人間界に潜んでいた魔物が他にもいそうだから、今の数からさらに増える可能性があることも。

「っていうわけなんだけど、何か考えのある人はいますか？」

私たちの報告を聞いて、王様や魔術師長さん、勇者たちは難しそうな顔をしている。そんな中で一人だけ……将軍さんが、一歩前に出た。

「それでは僭越《せんえつ》ながら、ここからの指揮《しき》は将軍である私に任せていただきます」

「任せろというが、そもそもお前にどうにかできるのか？　俺たちが一騎当千《いっきとうせん》だとしても、さすがに数が足りないと思うが」

赤髪君がうさんくさげな顔で反論するものの、どうやら将軍さんには将軍さんの考えがあるみたい。

「私であれば可能です。ただそのためには、この国の王族の力が必要です。協力していただけますかな？」

「無論、我にできることであれば最善を尽くすつもりだ。だがまずは考えを聞かせてもらおう」

「あなたが話の通じる方でよかった。ではまず、私のギフトを紹介しましょう。そうですね……使用人を数名、呼んでもらってもいいですか？　実際に試すのが一番早いでしょう」

王様は少しだけ悩んで、私と赤髪君に視線を向けた。

これは、危なそうだったら私たちに止めに入れっていう、指示なのかな。

私としても、使用人がモルモットにされるのを黙って見ているつもりはないから、危ないことをするなら将軍さんを倒してでも止める。それに、今の私なら、多分この人にも勝てるはずだからね。

そういう意味をこめて、頷《うなず》きながら覚悟をし直すと、王様は将軍さんに返事をした。

「了解した。だが、たとえ魔物に勝つためだとしても、彼らを傷つけることは許さないからな？」

「その点はご安心を。戦う前から戦力を削《けず》ったりはしませんので」

その言葉を聞いても、王様は将軍さんのことを完全に信用したわけではないんだろうけど、それでも手を大きく叩《たた》いて、別の部屋に待機していた使用人を呼び寄せた。

執事が二人、メイドさんが三人と、後は、イツキ君の担当をしていた小さなメイドちゃんまで一緒に来た。

「お呼びですか、王様？」

呼び出された執事とメイドさんたちを代表する形で、小さなメイドちゃんが王様に問いかける。

代表っていうよりは、子供だから遠慮を知らないっていうか……

「お前たち、この者、第二次召喚勇者である将軍殿が、試したいことがあるそうなのだ。実験対象に名乗り出る、勇気のある者はいるか？」

「はいっ！　私、私がやります！」

「そうか、よくぞ名乗り出てくれた。では、お主に頼むことにしよう」

王様は、やる気に満ちあふれたメイドちゃんを見て、逆に心配そうな顔をした。でも、他の使用人たちがおびえた表情をしているのを見て、彼女に任せることに決めたみたい。

王様から使命を受けたメイドちゃんは、将軍さんの指示に従って、背筋をピンと伸ばして顔をこわばらせながら、部屋の中央、将軍さんの目の前に置かれた椅子にゆっくりと座った。

「ご安心ください、傷つけるようなことはしませんから」

「はい」

「メイドさん。あなたは、魔物と戦いたいと思いますか？」

「戦い……私は、子供なので、魔物とは戦えません」

「子供だと、なぜ戦えないのでしょうか」

「子供だから……力がないから……です。私は、勇者様のように、強い力を持っていません」

「そうですね、確かに、あなたは勇者のようにギフトを持っていません。では仮に、あなたにそのような力があったとしたら？　あなたは敵と戦いますか？」

「はいっ！　もし私に力があったら、私は勇者様と一緒に戦いたいです！」

「ありがとう、その言葉を聞きたかったのです。そしてこれで、あなたには力が宿りました。この力をどう使うかは、あなた次第ですよ」

将軍さんとメイドちゃんは、みんなが見守る中で、特に怪しげな雰囲気《ふんいき》もなく会話をしていた。

まあ、将軍さんの話している内容は怪しい宗教の勧誘みたいではあった。でも、魔術を発動したりした形跡《けいせき》は見られなかった。

それなのに、将軍さんが最後に「あなたには力が宿った」っていう言葉を発した直後、メイドちゃんから強力な魔力がほとばしる。

「えっ？　これは……なんですか？」

泉のように湧《わ》き出る魔力に、メイドちゃん自身が一番驚いていた。

もちろん、私を含めた勇者や魔術師長さん、王様も驚いた表情をしているし、第二次勇者たちまで平静を失っているように見える。

そんな中、たった一人余裕な顔をしている将軍さんが、もったいつけるように少し間を置いて、ゆっくりと語り出した。

「どうですか？　これが私の……『大将軍』のギフトです。見ての通り、私の力を使えば、彼女のような一般人を、優秀な戦力に変換することができるのですよ！」

確かに、メイドちゃんからは、とてつもなく強力な力を感じる。

私や赤髪君……あとは、忍者君や吸血鬼君、シオリちゃんと比べたら、劣《おと》っているのは間違いない。それでも、普通の魔物と戦うぐらいは問題なくできそう。

もしこの能力を、全国民に対して使うことができたら、一方的だった魔族と人間の戦力差が、逆転まではいかなくとも、かなり埋められることは間違いないだろうね。

そういうことなら、今すぐにできるだけ多くの戦力を……って思ったんだけど、今のやりとりにかかる時間を考えたら、多くの人に使えないんじゃないかな。

私と同じことを、赤髪君も考えていたみたいで、彼は、私が話し出す前に将軍さんに問い詰める。

「おい、将軍。対象はどうやって選ぶんだ？　まさか、全国民に対してさっきの面接をやるつもりじゃないよな？」

「対象は、この地域に集まっている全国民です。とはいえもちろん、一人一人に力を与えて回るわけではありませんよ」

将軍さんは、赤髪君の疑問を想定していたかのように、間髪《かんはつ》を容《い》れずに返事をした。

そしてどうやら彼は、本当にすべての国民にこの力を与えるつもりでいるみたい……

「私のギフトの発動に必要なのは『戦うという意思』、それだけです。今回は、私が引き出しましたが、おそらく王が民衆の前で演説をすれば、効率的に戦意を高揚《こうよう》させることが可能でしょう。そうすれば、それだけで即席の半勇者《デミブレイブ》の軍隊が完成します。王よ、協力していただけますね？」

つまり、王様が演説をすれば、それで奮《ふる》い立った民衆全員が魔物と戦えるだけの力を得られるんだね。

実のところ、メイドちゃんにしたように、一人一人に話しかけた方が、引き出せる力は大きいという。ただ、今は個人の戦力よりも、数を重視したいからということなんだって。

王様は、その話を聞いて「そういうことであれば……」と、渋々《しぶしぶ》演説の準備を始めた。

渋々《しぶしぶ》なのはきっと、こんな状況でも、国民に戦わせることを忌避《きひ》しているからなんだろう。とはいえ、危機が目の前に迫っている状態で、そんなことは言っていられないというのも本音《ほんね》で、それらを天秤《てんびん》にかけた結果、将軍さんに従うことにしたにちがいない。

◇

「――我らは、迫りくる魔物を倒すため、力を合わせる必要がある！　お主らの力を、勇気を、我らに貸してほしい！」

王様の演説を聴《き》いた人たちが上げる雄叫《おたけ》びで、村全体が激しく震える。

それと同時に、将軍さんの持つギフトが発動して、戦意を高揚させたこの世界の人たちに、戦う力が与えられていく。

このギフトの力は、「戦う意思」を持った人が持つ力を目覚《めざ》めさせることなんだって。

さすがにギフトを与えられることはないものの、筋力や魔力だけなら、低レベルの勇者と同じぐらいになるみたい。

私とティナちゃんは、村全体を見渡せる高い建物の屋上《おくじょう》から、この様子を眺めていた。

赤髪君や真の勇者のおじいさんは、王様の後ろに控《ひか》えて、権威《けんい》を高める役割をしていて、錬金術師のおばさんや吸血鬼君は、別の場所で待機している。

私がティナちゃんと一緒にいるのは、仲が良いからだけではない。一次勇者たちからしたら、第二次勇者のリーダーであるティナちゃんを見張らせる目的もあるみたい。

私はティナちゃんを信用しているけれど、王様や魔術師長さんはそうでもないからね。

ティナちゃんもそのことを分かっているのか、部下たちにも「おとなしくしているように」と命令し、私と一緒に行動することにも文句を言わなかった。

そんな彼女は、王様の演説が終わったのを確認すると、まるで宝物を自慢する子供みたいに無邪気な表情で、私を振り向いた。

「どうです、アカリ。大将軍の能力はすごいでしょう？」

「確かに、すごいね。あの人たちは具体的にどれぐらいの強さになったの？　副作用とかはないの？」

「今はまだ最前線で戦える力はありませんが、彼らも魔物を倒すことでレベルが上がります。今目覚めた力は、彼ら自身の中にあったものを引き出しただけなので、悪影響はないはずですよ」

「そうなんだ……」

ティナちゃんは、将軍さんのことを自慢している。彼女は、自分の部下のことを本当に大切にしていると思うし、だからこそ他の第二次勇者の人たちも、ティナちゃんのことを「姫」と呼んで、従っているんだと思う。

それにしても、ただの村人を、あっという間に戦士に変えてしまうなんて、彼の『大将軍』は、他のギフトとは比べものにもならないぐらい強力なものらしいね。

そういえばSSレア級のギフトって言ってたっけ。

ちなみにティナちゃんによると、このギフトの能力は、勇者が召喚されるときに得るのと同じ力を与えるものだから、勇者としてこの世界に召喚された人たちに使っても効果がないんだって。

ただ、この能力以外にも、大将軍のギフトには、一時的に自他を強化する能力がたくさんあり、戦闘のときにも彼は大いに役に立つみたい。

演説が終わると、王様は建物の中に戻り、将軍さんは私たちのいるところへと歩いてきた。

少し早歩きで私たち……というか、ティナちゃんを目指す。屋上にたどり着いた将軍さんはティナちゃんの前でかしずいて、仕事の報告を始めた。

「姫、ご命令に従い、民衆に力を付与《ふよ》して参りました」

「ありがとうございます。それで、成果のほどは？」

「無事に力を受け入れた者は五分の一ほど。戦力になるのは、そのさらに半分ほどかと」

「初回にしては十分でしょう。これからも定期的に王に演説を行《おこな》ってもらいましょう。繰り返せば、最終的に全体の半分ほどは戦力になるはずです」

「かしこまりました」

みんながみんな、力を得られるわけではないんだね。

大将軍のギフトの力は、将軍自身ではなく、力を受け取る村人側の意識の問題が大きいみたいだから、誰も彼を責《せ》めたりしないし、私も仕方がないことだと思う。

それよりもむしろ、これだけ熱気にあふれているように見える状況でも、本気で戦うつもりなのは二割ぐらいでしかないなんて、そっちの方が意外かな。

だってそれはつまり、この騒いでいる人のは八十パーセントは、やる気があるフリをしているってことになるんだから……

報告を終えた将軍さんは、そのまま、きびすを返してこの場を離れていく。

どうやら、彼にはまだ他にも仕事があって、私たちと雑談をしている暇《ひま》はないらしい。

それとも、もしかしたら私とティナちゃんが二人きりになれるように気を遣《つか》ったのかもしれない。

「アカリ、これで最低限、ここを自衛《じえい》できるだけの戦力はそろいましたね」

「そうだね、ティナちゃん。敵の軍隊が来たら対抗できるかは分からないけれど、一匹や二匹の魔物が紛《まぎ》れ込んだぐらいだったら、村人さんに任せられそうだね！」

「彼らも、自分たちの村を守るためでしたら、死ぬ気で戦ってくれるでしょう。私たちにとっても、長期戦が見込まれる以上、戻る拠点があることは大きな意味を持つはずです」

ティナちゃんは、村人のうちの二割しか戦うつもりがないことには何も言わないで、むしろポジティブに考えている。

きっと彼女は、姫って呼ばれるぐらい偉い立場だから、民衆に期待して裏切られることにも慣れているのかも。民衆なんてそんなものって割り切っているのかもしれない。もしかしたら、部下である第二次勇者の人たちに対しても、同じような考え方を……

偉くなるというのは、そうやって多くの人とは違う生き方をすることで、そのためには割り切らなければならないことも多いと思う。

だからこそ私は、ティナちゃんの友達として隣にいてあげたい。

将軍が立ち去ってから少しの間雑談をしていると、今度は違う人が走ってこの屋上に上がってきた。

姿を現したのは、小さなメイドちゃんだった。

「勇者様！　いよいよ出陣です！　ご準備を！」

メイドちゃんは、いつものメイド服とは別に、子供用の小さな剣を装備していた。

どうやら彼女も、私たちと一緒に出陣するつもりらしい。

「うん……ティナちゃん、行こうか！」

私は、ティナちゃんと手を取り合って、魔物の群れ――魔王軍の討伐に行くことにした。


村を出て戦場へと向かうと、魔物の群れが見えてきた。

多すぎてあまり正確には分からないけれど、ついさっき確認したときよりも数が増えているように感じる。

人間界の方に潜んでいた魔物と次々合流して、大きな集団になっているんだと思う。でもそのおかげで、軍全体の進行がゆっくりで、思ったよりも前に進んでいなかった。

やっぱり、どれだけ統率がとれていても、数が増えるほど大変になるんだね。

とはいえ、これからの戦いが厳《きび》しいものになることは変わらない。

そんな様子を、私とティナちゃんは空の上から眺めていた。

ティナちゃんは真剣な表情で、これから起こる戦いが、簡単に勝てるものではないことを、改めて思わせる。

「アカリ、そろそろ始まりますね」

「ティナちゃん……そうだね」

私はティナちゃんと一緒に、彼女のギフトで作られた、空を飛ぶ魔道具に乗っていた。

彼女のギフトの力だけだと、ここまで高い場所を長時間飛ぶことはできない。そこで、その部分を私の神霊術で風の精霊を呼び出して補《おぎな》っている。

ちなみに、ここにいるのは私とティナちゃんの二人っきりで、他の勇者は連れてきていない。

この魔道具は二人乗りが限界だったのもある。ただ、それだけではない。赤髪君や他の勇者は相変《あいか》わらずティナちゃんたちのことを信用せずに身内だけで固まっていて、そんな様子を見た第二次勇者の人たちも、彼らだけで固まってしまった。

仲良くしているのは私とティナちゃんだけで、他の勇者たちは味方同士だというのにギスギスしたままだった。

結局、中途半端なまま手を取り合ってもうまくいかないと判断して、それぞれ「邪魔だけはしない」というルールを決めて、勝手に戦うことになった。

最適解《さいてきかい》ではないものの、最善手《さいぜんしゅ》ではあるというのが、真の勇者のおじいさんの言い分だった。

第一次勇者のみんなが集まったのは、私たちのいた村から見て、右手側だった。

メイドちゃんや、他にも、大将軍のギフトで戦う力を手に入れた一部の使用人たちは、少し離れたところで、いつでもサポートに入れるように待機している。

彼ら、彼女らも、いざとなれば戦えると思う。ただ、さすがに最前線で戦わせるわけにはいかないし、戦いについていくことも難しいだろう。だから、武器や薬を運んだりする運搬役《うんぱん》と、討ち漏らした敵を倒す役割にとどめるみたい。

それに対して、第二次勇者のみんなは、そこからかなり離れた左手側に陣取《じんど》っている。

彼らのサポートについたメイドや執事は一人もいなかったけど、彼らは「問題ない」と言っていた。

私たち勇者は、この世界に来てからレベルを上げているので、個人としての能力はあるのかもしれない。でも、こうやって見ると、第二次勇者の人たちの方が戦いに慣れているように見える。

そういう意味で、双方の実力は、拮抗《きっこう》しているのかな。

そんな中、開戦の火蓋《ひぶた》を切ったのは、第一次勇者の先頭に立つ、赤髪君だった。

彼は、自身のギフトである『強化』を使っているのか、ものすごい威力を宿した宝剣《ソラワリ》を、魔王軍に向かって思い切り投擲《とうてき》する。

回転しながら突き進む剣は、魔物を次々と斬り倒して灰に変えていき、勢いが止まったタイミングで、赤髪君の手元へと帰っていく。

それに続いて忍者君が、生き残った魔物を次々に倒し、第一次勇者軍は破竹《はちく》の勢いで魔物の軍勢を切り分けていった。

ほんの一部が傷ついただけなんだろうけれど、初撃は見事に成功して、動揺《どうよう》は魔王軍全体に伝播《でんぱ》したように見える。

そして、第二次勇者たちも別方向から攻撃を仕掛ける。

赤髪君たちの方に魔物たちの意識が向いていたところを、後ろから攻撃する形になったのもあるとはいえ、それ以上に純粋《じゅんすい》に、彼らは強い。

一人一人がギフトも使わずに魔物を斬り倒していく。派手さはないけれど、だからこそ敵からしたら、不気味《ぶきみ》かもしれない。

片方からの攻撃に慌《あわ》てていたところに、思わぬ方向から攻撃を受けたこともあって、魔物たちの混乱はさらに強まった。

上空から見ていると、全く関係のない敵軍の中央付近でも、パニックが発生しているのがよく分かる。

そして、私とティナちゃんは、魔力と精霊を操って、遥《はる》か上空を静かに飛行して、敵軍のちょうど中心にあたる場所の真上にまで移動していた。

敵は、まさに今、混乱のさなかにあって、軽くつつくだけでも簡単に崩れそうな状態だった。

だとしたら、私たちがやることは一つだよね！

「ティナちゃん、行くよ！」

「はい！　アカリは一人で降りられますか？」

「もちろん！　私は先に行くね！」

「私も行きます。……アカリ、油断しないようにしてくださいね！」

私が、空を飛ぶ魔道具から飛び降りると、同時にティナちゃんが魔道具を消した。

空気抵抗を全身で感じつつ、私とティナちゃんは落ちていく。

勇者の力がなかったら、怖くてこんなことはできなかったと思うけど、不思議と今はそこまで怖くない。

地上までの距離が十メートルぐらいになったとき、風の精霊を思い切り地面に向かって放出する。

その風圧は、ものすごい速度で落下していた私の運動エネルギーを楽々と相殺《そうさい》し、一時的に私は落下をやめて、空中にとどまった。

そしてその分のエネルギーは地上に向かい――無数の魔物が、精霊のこもった風の圧力に負けて、宙を舞った。

人間サイズの小さな魔物は、それこそ数メートルは吹き飛ばされて、着地のときに打ちどころが悪かった魔物はそのまま死に、灰になって消えていく。

ズン……

私が風の精霊を操って、ゆっくりと敵軍の真ん中に降り立った次の瞬間、少し離れた場所で鈍《にぶ》い音が響いて地面が数メートル陥没《かんぼつ》し、そのときの衝撃波で無数の魔物が消し飛んでいく。

そのクレーターの中心には、平然と二本の足で直立するティナちゃんがいて、私に目線を向けている。

「ティナちゃん！」

「アカリ、この調子で数を削《けず》りますわよ！」

橙の短剣に炎と風の精霊を纏《まと》わせて、大威力の精霊術で魔物を一気に焼き払う。

遠くから飛んでくる攻撃は基本的に避けて、避けきれないものは光と水の精霊に守ってもらう。

ティナちゃんとは常に位置を確認しあって、お互い遠慮なんてせずに、どんどん魔物を倒していく。

遠くでは、ティナちゃんの部下である第二次勇者の人たちや、私の同郷である第一次勇者の人たちも戦っている。

私たちの実力は、それぞれが魔物を圧倒できるほどで、確実に敵の数を減らしているはず。

それなのに、数が減っているようには全く思えない。

譬《たと》えると、人の力で川の流れを止めようとしているようなもの。

部分的に流れを変えたり勢いを抑えたりはできるけど、それにも限界がある。いかに勇者の力が優《すぐ》れていても、そのすべてをせき止めることはできない。

それどころか、時間が経つほど対処されるようになってきて、数を減らすどころか、私たちの身を守ることさえ簡単ではなくなっていく。

槍《やり》と盾を構えた前衛《ぜんえい》に囲われて、その外側から弓矢や魔法の攻撃を仕掛けられる。盾には物理的な防御力だけでなく、魔術や精霊術に対する防御力もあるみたいで、私の炎の攻撃は奥に届かない。

槍をかいくぐって魔物を倒しても、その先に別の魔物が何重にも槍を構えていて、次から次へときりがない。

この魔王軍を止めようとするなら、今の十倍ぐらい……ううん、もっとたくさんの勇者で迎え撃つ必要があったんだろう。……でも、私たちが戦う手を止めるわけにはいかないよね！

敵は、どうやら私とティナちゃんを切り離そうと誘導していたらしい。

気がついたら、ティナちゃんがかなり離れた場所にいた。

「ティナちゃん！」

私が声をかけると、遠くで戦っていたティナちゃんも、こちらを向いて頷《うなず》いた。互いに魔物を蹴散らしながら近づいていく。

そうやって魔物の群れをかき分けるようにして進んでいくと、五分ぐらいでティナちゃんと再び合流できた。

「ティナちゃん、キリがないよ。どうしよう……」

「アカリ、文句を言っても始まりませんよ！　それと、試してみたいことがあるので、十秒ほど時間を稼いでもらえますか？」

「いいよ！　任せてっ！」

ティナちゃんにお願いされた私は、光の精霊をもう一度呼び出して、遠くから放たれる魔術の攻撃をすべて防御できるようにする。そして、細かい弓矢は風の精霊にお願いして吹き飛ばしてもらうことにし、直接突撃してくる魔物は、私の短剣で斬り裂いていく。

ティナちゃんを守りながら戦わなくちゃいけないけれど、さっきまで一人で戦っていた相手だから、時間稼ぎをするぐらいなら問題ないね！

ティナちゃんは十秒と言っていた。でも、これぐらいなら数時間ぐらいは問題ないと思う。

私が戦っているのを確認したティナちゃんは、その場にしゃがみ込み、懐《ふところ》からステータスカードを取り出して操作を始めた。

形状は、私たち第一次勇者が使っているのと同じものだから、もしかしたら王宮に予備があったのか、それとも、同じものを新しく作ったのかな。

とにかく、ティナちゃんはこの土壇場《どたんば》を、ギフトにポイントを割り振ることで乗り越えようとしているみたい。

「ここをこうして、これと、これにポイントを割り振って……後は、残ったポイントは保留にしておきますわ！」

「ティナちゃん、どう？」

「アカリ、お待たせしました！　今からギフトを試しますが、このギフトのことは、他の勇者には秘密にしてくれますか？」

「……うん。第一次勇者《わたしたち》と、第二次勇者《ティナちゃんたち》は、まだ仲間とは言えないもんね。分かった、秘密にするよ！」

「では、仲間であるアカリにはギフトのことを教えます。私の創造《クリエイト》は、素材を融《と》かすことで、全く別の物質を創《つく》り出すギフトです。たった今、『変換効率上昇』と『限定解除』

を一つずつ取得したので、今まで創れなかったものを創れるようになりましたわ！」

そう言って、ティナちゃんはポケットから宝石のついたネックレスを取り出した。

見るからに豪華で価値のありそうなそれを、乱暴に握りしめ、力をこめる。すると、光の粒《つぶ》になって、ティナちゃんの中に消えていく。

そして、ティナちゃんは祈るように目を閉じると――

彼女の目の前に、一振りの剣が現れた。

それは、白く美しい剣だった。

イツキ君が使う聖剣によく似た特徴《とくちょう》を持つその抜き身の剣は、何もない空中で音もなく浮遊《ふゆう》し、誰かに使われるのを待ち続けているように見える。

「ティナちゃん、これは？」

「これは、この世界に存在する最強の兵器の一つであるとされる聖剣……その能力を模《も》した、模造物《レプリカ》です」

「やっぱり、本物じゃないんだね……」

この聖剣は、イツキ君が召喚していたときよりも強く輝いて、より本物に近く見える。

だけどこれは、確実に偽物《にせもの》で……これが偽物ということは、この世界のどこかに本物が存在するっていうことなのかな。

ティナちゃんは、そんな偽物の聖剣を握りしめ――

「ぐうっ……」

「ティナちゃん⁉」

宙に浮く聖剣を手に取った瞬間、ティナちゃんが小さくうめいた。

まるで、熱した鉄棒を掴んでしまったときみたいに、ティナちゃんの顔が苦痛にゆがんだ。

「ティナちゃん、大丈夫？」

「大……丈夫……です。悪魔どもは、私の正義が滅ぼします！」

「え？」

今にも倒れそうなティナちゃんを支えようとしたら、彼女は私を手で振り払う。そしてそのまま、背中に白く大きな羽を生やして、宙に浮かび上がった。

その姿は、まるで本物の天使……

天使は上空で剣を振り下ろし、その衝撃で、見える範囲の魔物がすべて消し飛んだ。

たった一回の攻撃を終えたティナちゃんは、聖剣と羽が消えて元の姿に戻っていて、宙に浮いたまま気を失ってしまう。

魔物が一匹も見当たらなくなった平原の中心で、私はゆっくりと落ちてくるティナちゃんを優《やさ》しく受け止めた。

「ティナちゃん、大丈夫？」

「ええ、なんとか。敵はどうなりましたか？」

「うん、ティナちゃんのおかげで……ううん。でも、あれじゃ足りないみたい……」

ティナちゃんの聖剣による攻撃は、このあたりにいた魔物の軍勢を灰燼《かいじん》に帰《き》したけど、それでも一部でしかなかった。

魔物の軍勢に、ぽっかりと大きな穴を開けることはできたものの、全体で考えたら一割にも満たない気がする。

全体を見渡すことができないから、実際はもっと少ないのかもしれない。

魔物たちは、抜けた穴を塞《ふさ》ぐように、焦土《しょうど》と化した平原を突き進んでくる。

だから、魔物たちで構成された敵軍を全滅させるには、さっきの攻撃を何回も行う必要があるだろう。

でも、たった一回攻撃をしただけで、すべての体力と精神力を使い果たして疲れ切っているティナちゃんを見ると、「がんばれ！」という声はかけにくい。

ただ、ティナちゃんは諦《あきら》めたりはせず……

「そうですか……でしたら、もう一度、正義の一撃を……」

「ティナちゃん、無理する必要はないよ！　後は私たちに任せて、ティナちゃんは休んで！」

「そういうわけにも、いかないでしょう。敵は、こうしている間にも迫ってきているのですから！」

「そうだけど！　でも、それでも、ティナちゃんだけが無理をする理由なんて、どこにもないよ！」

「ですが、私は一国の姫なのです！　姫として、戦いから逃げるわけには……正義を果たすために……」

「ごめん、ティナちゃん！　……えいっ！」

私は、一言だけ謝《あやま》って、ティナちゃんの頬《ほお》を挟むように両手でペチリと叩《たた》いた。

勇者の力で全力で叩《たた》くわけにもいかず、かといって弱すぎたら効果がないと思ったから、微妙《びみょう》に手加減をしつつ力を込めて。

ティナちゃんは、叩《たた》かれて赤くなったほっぺたを押さえて、目を白黒させながら私を見つめ返した。

「アカリ……？」

「ティナちゃん、冷静になって！　さっきから、変だよ！」

「変……いえ、確かに。ごめんなさいアカリ、私は一体何をしていたんでしょう……」

「正義、正義って。まるでティナちゃん自身よりも『正義』の方が大事みたいな言い方をして！」

「正義……そう、確か聖剣を握った瞬間、私の中の感情が荒ぶって……」

どうやら、ティナちゃんが創り出した聖剣には、人の、特定の感情をかき立てる力があるみたい。

そういえば、イツキ君が聖剣を召喚したときも、いつもとは少し雰囲気《ふんいき》が違った気がする。

ティナちゃんは、本物の聖剣を見たわけじゃないと思うんだけど、気づかないうちに聖剣の性質まで再現していたってことなのかな。

「アカリ、ありがとうございました。おかげで目が覚めましたわ！」

「こっちこそ、急に叩《たた》いちゃってごめんね。でも、どうしよう。さっきの攻撃ができないとなると……」

「そうですね。聖剣《あれ》は使いませんが、いずれにせよあの魔物どもに侵略《しんりゃく》を諦《あきら》めさせるには、あと一つ何かが足りません」

ティナちゃんは、この戦いの勝利条件は、魔物を全滅させることではなくて、撤退させることだと考えているみたい。

そう考えれば、少しは可能性があるのかもしれない。とはいえ、それもまだ現実的とは言えない。

敵の魔物は、さっきのティナちゃんの攻撃が連発されないのを見て、さらに広範囲に展開することで私たちを攻略しようとしている。

どうにか攻略してやろうと、考えさせるような力では、足りない。

敵は、海を越えてまで人間界に来ているわけだから、攻略できないと思わせるような、もっと圧倒的な力でねじ伏せる必要がある。

「とにかく、今はできる範囲で力を尽くすしかありません。先ほどのステータス解放で、聖剣創造以外にもできることが増えました。私の臣下《しんか》たちにもステータスカードを渡してあるので、彼らも少しずつですが盛《も》り返していくはずです！」

「そうだよね。私たち勇者は、魔物を倒せばレベルが上がっていく。だから、このまま戦い続ければ……」

それでも、長い戦いになる。

もしかしたら、傷つく人が出てくるかもしれない。

だけど私たちが勇者である限り、そして私たちが諦《あきら》めない限り、可能性が完全に潰《つい》えることは……

「アカリ、あれは……なんでしょう」

「ティナちゃん？」

ティナちゃんが目を向けているのは、魔物の軍勢がいるのとは別方向。魔物の森がある方角だった。

彼女は、その森の上空に、まっすぐに目を向けている。

「白い光……莫大《ばくだい》な魔力が宿っています。この距離では、私の能力でも調べることができません」

「白い？　本当だ。何かが宙に浮いているみたい。あれは、人？　方角と距離から考えると、ちょうど裂け目があるあたり……」

「まさか、アケノ……？」

白く輝いているように見えたのは、実際には光を出しているわけではなくて、膨大《ぼうだい》すぎる魔力が放たれているからだった。

ティナちゃんが言うとおり、その光景はまさに夜の終わりを告げる『明けの明星《みょうじょう》』みたいで、敵も味方も、その綺麗《きれい》な一番星に、目を奪われていた。

第三章　新《あら》たなる力

魔剣によって暴走した魔鬼を倒した俺は、地上に通じる天井の裂け目がある場所に来ていた。

地上からは、何本ものロープが垂れ下がっているが、それを用意した鬼たちは、魔鬼との戦いで全滅してしまった。

そのとき得た経験値で一気にレベルが上がった俺は、久しぶりにステータスカードの更新をして、地上に戻ることにした。

明野樹
年齢：17
レベル：60
ギフト1：洗浄魔法
ギフト2：聖剣《ぶき》召喚

獲得済みスキル：
・洗浄力強化Lv18
・浄化《じょうか》Lv３（ＭＡＸ）
・研磨《けんま》Lv３（ＭＡＸ）
・速度向上Lv３（ＭＡＸ）
・洗浄範囲強化Lv15
・非接触洗浄Lv３（ＭＡＸ）
・オフハンド（ＭＡＸ）
・継続《けいぞく》洗浄（ＭＡＸ）
・性能向上Lv４
・聖化

魔剣が引き抜かれたことが原因なのか「聖剣《ぶき》／魔剣召喚」のギフトは「聖剣《ぶき》召喚」に書き換わっていた。

ちなみに、そのときの魔剣は、鬼たちの遺品からかき集めた布をぐるぐるに巻きつけて封印《ふういん》してある。

うっかり素手で触れると、魔剣の力に取り込まれて、魔化が発動してしまう可能性があるからな。

スキルの方は、聖剣の使用時間が無制限になったことで「制限時間延長」や「エクストラタイム」のスキルが消滅している。

確か「クールタイム減少」という項目もあったはずなのだが、これも消えている。今なら、膨大に余ったポイントを割り振ることもできるのだが、結局、一度も触ることすらなかったな。

その代わりに、性能向上のスキルをレベル4まで取得して、残りは洗浄魔法を強化するのに使うことにした。

正直、これ以上の洗浄能力が必要かと聞かれれば、そんなことはないんだが、聖剣のギフトは、成長させると副作用も強くなりそうだからな。

その点、最低ランクのギフトである洗浄魔法なら、どれだけ成長させても大丈夫だろうという安心感がある。

「さて……と」

「イツキ、そろそろ行くの？」

「ああ。待たせたな、オニビたち。登るから掴まっていてくれ！」

俺は魔剣を左手に抱《かか》えて、右手と全身の力だけで、ロープをよじ登る。

以前よりもさらにレベルが上がっているおかげか、片手を使わない状態でもスイスイ登れ、あっという間に地上の光が近づいてくる。

そして、地上に飛び出ると、そこには下を覗《のぞ》き込んでいる猫がいた。

猫は、俺のことを見て、安心した顔をしている……気がする。

猫の表情は分からないが、雰囲気《ふんいき》からしてそんな感じがする。

「人間、やっと見つけたにゃ！　人間から伝言があるにゃ！」

「人間から……ティナさんのことか？」

「そうにゃ！　人間は、別の人間に会いに行くらしいにゃ。お前は、先に仲間と合流していてほしいと言っていたにゃ！」

猫が言うティナさんの仲間とは、彼女と一緒に召喚された第二次勇者のことだろう。鬼の集落を確実に全滅させるために、このあたりまで呼び寄せているんだったか。

知らない人たちと話をするのは多少緊張するが、魔物を倒すという同じ目的があれば、意気投合《いきとうごう》するのは難しくないのかもしれない。

そういう俺は、大量の鬼が死ぬ様子を見て、人を傷つける存在である鬼とはいえ、殺すことにためらいを持ちつつあるんだが……下手にそんなことを言うと、仲間から裏切り者扱いされる気がする。

必要がない限り、黙っておくことにしようかな。

「それで、猫。俺たちはどこに向かえばいいんだ？」

「人間、お前が潜伏していた、魔物の集まっていた場所に行けばいいにゃ。人間の援軍は、そこを目指しているらしいにゃ」

「そうか。確かあっちの方角だったよな……いや、待て。何かがここに近づいてきている」

「そうかにゃ？　私には何も感じられないにゃ」

猫は分からないようだが、俺にははっきりと感じられる。

魔物……ではない。これは、人間の……移動速度から考えれば、一般人ということはない。

ということは、勇者の一人。それもかなり高レベルだ。

「みんな、気をつけろ。どうやらあれは、ここに向かって一直線に移動しているようだ」

「分かったよ、イッキ！」

「分かったにゃ！　私はいつでも戦えるにゃ！」

「戦うのは、俺の役割でいい。お前たちは、俺の後ろに隠れてろ！」

オニビと猫も戦う気満々だが、前に出るのは俺一人でいい。

レベルが60まで上がった俺の戦闘能力は、最盛期《さいせいき》の真の勇者ほどではないにせよ、それなりのものになっているはずだ。

しかも、今は聖剣を無制限に使うこともできる。

本当にいざとなったら、封印を解いて魔剣を使う手も残されている。

今の俺が、真の魔剣の魔化に耐えられるかどうかは分からないから、これは本当に最後の手段になるだろう。

地下洞窟へ通じる亀裂を背にして、走ってくる何者かを待ち構えていると、やがて木々の間から人影が見えた。

向こうもこちらに気がついたようで、速度を落としてゆっくりと近づいてくる。……知り合いだった。

「あれ……イツキ……ですか？」

やって来たのは、シオリだった。

「シオリ？　どうしたんだ？　何をしているんだ、こんなところで」

「それは、こちらのセリフです。石化はどうしたのですか？　それともまさか、偽物ですか？」

「いやいや、偽物とかじゃない。石化は、ティナさんに解呪《かいじゅ》してもらった。俺が偽物でないという証拠はないが……」

「人間、私から、何があったかを説明するにゃ！」

猫は、混乱しているシオリに対して、一つずつ状況を説明した。

地下洞窟で俺のことを守ってくれていた猫は、上流から近づいてきたティナさんと出会い、彼女が俺の石化の呪いを解呪してくれた。

　俺も、そのときの状況は聞いていなかったのだが、ティナさんの仲間には『呪術師』という、呪い専門のギフトを得た勇者がいて、その人が作った解呪薬で、俺の呪いを消したらしい。

「そうだったのですね。いずれにせよ、イツキ《あなた》が無事で、本当によかった……」

「まあ、心配をかけたな。ところでシオリは、こんなところまで何をしに来たんだ？」

「あなたを探しに、来たんですよ！　イツキのステータスカードが、ほら。見ての通り、情報が消えて、まっさらになってしまったのです！」

　シオリがそう言って見せたカードは、確かに元の情報を読み取ることができない。

　これなら、俺の身に何かが起きたと心配して、確認のためにこの洞窟に向かったというのも納得できる。

「さあイツキ、そういうことであれば、村に戻りますよ！　アカリもあなたのことを待っているはずです！」

「そうだな……いや、少し待て？　なんか、向こうが騒がしくないか？」

「騒がしい？　私には分かりませんが……」

「私も、何も感じないにゃ」

「だったら、ちょっと確認してくるから、みんなはここで待っていてくれ」

そう言うと同時に、布を巻いた魔剣を地面に置いて、聖剣を召喚する。髪が金色になり、背中に白い翼が生える。

その翼で羽ばたいて、森の木々の上、そのさらに上まで高度を上げて、気配のようなものを感じた方角を見ると――

そこには、魔物の大群が押し寄せていた。

そして、ティナさんとアカリもいて、さらに知らない勇者が数人と、赤髪や忍者などの見知った勇者も数人戦っていた。


聖剣を出して聖化の状態になったことで、相変わらず「正義正義」と頭の中で声のようなものが鳴り響くが、いい加減慣れてきたのか、衝動に押し流されるようなことはなかった。

魔剣を持った鬼との戦いで、正義とは何なのかについて考えた結果なのか、それとも単に慣れただけなのか。

あるいは、俺の近くに、明確な敵がいない状態だからというのも、あるのかもしれない。

いずれにせよ、暴走にさえ気をつければ、聖化の能力が便利なことに違いはないから、必要以上に恐れることなく、使っていこうと思う。

いざとなったときに使って暴走するよりは、普段から使って慣れておいた方がよさそうだしな。

翼を広げて、さらに高度を上げると、全体の様子が見えてくる。

勇者たちが戦っているのは、本当に敵軍のほんの一部でしかなかった。地平線の彼方《かなた》まで、魔物の軍勢が連《つら》なっている。

今のところ、局所的《きょくしょてき》な戦いでは勇者側が優勢《ゆうせい》に進めているように見えるが、数の差を覆《くつがえ》すには敵が多すぎる。戦える勇者が少ないのだ。このままだと、押しつぶされるのも時間の問題だろう。

ここに、俺とシオリが戦力として加わったとしても、状況は変わらない気もするが、だからといって指をくわえて見ているつもりはない。

そう思ってシオリと合流するために、ゆっくりと降下していく途中、中央で戦っているティナさんとアカリが、何かをしようとしているのが見えた。

ここからだと遠すぎて、何をしているのかまでは分からないが、アカリが周りの魔物を一人で相手にして、ティナさんはその場にしゃがみ、手元で何かを操作している。

そして、その状態が十秒ほど続いた後、ティナさんは何かを取り出しながら立ち上がった。

ティナさんのギフトである創造《クリエイト》は、素材を元に武器や道具を創り出す力だったはず。

ということは、ティナさんが片手で掴んでいるそれを素材にして、何かを創り出すつもりなのだろう。

ティナさんたちが何をしているのかが気になったので、もう一度その場で軽く羽を揺らしてふわりと浮き上がり、高度を維持する。

下で俺を見上げているシオリや猫には悪いが、もう少しだけ、待ってもらおう。

背中についたままになっているオニビたちに伝言を頼《たの》もうかとも考えたが、彼らもどうやらティナさんたちの様子が気になっているようだ。

「イツキさん、ティナさんの右手に魔力が集中しています！」

「イツキ、すごい魔力だよ！　何かが始まりそうだよ！」

「ああ。一体ティナさんは、何をするつもりなんだ……」

魔物は、俺たち人間よりもはっきりと魔力を感じ取ることができるのだろう。

それはオニビたちもそうだし、敵も同じようだ。

ティナさんの爆発的に膨れ上がった魔力を見た魔物は、その場で立ちすくむ者もいれば、逆に「何とかしよう」と焦《あせ》って突っ込む者もいる。

いずれにせよ、冷静にはなれないようで、そんな魔物たちをアカリは冷徹《れいてつ》に対処していく。

そして、魔力の奔流《ほんりゅう》が収まったとき、ティナさんの右手には、白く輝く剣が握られていた。

「うぐっ……正……義……」

ティナさんがその剣を創り出した瞬間、俺の聖化が共鳴するように暴走を始める。

おそらくあれは、創造《クリエイト》によって創り出された聖剣。それが、俺の召喚した聖剣と共鳴している？

まるで聖剣同士が「自分こそが本物の聖剣だ」と主張し合うかのごとく。

ティナさんも、俺と同じような衝動に襲われているのだろう。剣を握っていない方の手で、頭を押さえている。

「イツキ？　大丈夫？」

「オニビ、俺は大丈夫だ……」

「その剣が原因なのでしょう？　消したらどうですか？」

「いや、ここで消したら地上に落ちるだろうが……」

俺がいるのは、地上にいるシオリや猫が米粒ぐらいに見える高さだから、ここから落ちたらただではすまないだろう。

レベル60になった勇者のステータスであれば、死ぬことはない気もするが、このあと魔物の軍勢と戦うことを考えれば、怪我《けが》をしたくない。

それに、以前だったら流されていたであろう衝動《これ》も、扱い方が分かってきたおかげか、今のところは制御ができている。

それよりも心配なのは、ティナさんの方だ。

ティナさんの背中には、俺が聖化したときと同じように、白い翼が生えている。

ティナさんが今、俺と同じ衝動に襲われているとしたら、慣れていない彼女は暴走してしまう可能性もある。

などと心配しながら見ていると、ティナさんは白い翼で軽く浮き上がった。そしてそのまま右手に握った聖剣を振りかぶり――振り下ろした。

聖剣から噴き出した白い魔力の光が引き起こした爆発は、爆心地《ばくしんち》を中心に同心円状に広がっていき、やがてその爆風は、数秒遅れて空に浮いている俺のところまで届く。

魔力的にものすごい爆発であると同時に、物理的にもかなりの破壊力だったのか、爆心地には大きなクレーターができていた。その中心には、ティナさんとアカリが無傷で立っている。

どうやら、ティナさんはアカリを仲間と認識しているらしく、味方を傷つけるのは正義に反すると判断した聖剣が、アカリを傷つけなかったのだろう。

攻撃を終えたティナさんは聖剣を消して、アカリは羽を失って落ちてくる彼女を優しく受け止めた。

ティナさんが意図して消したのか、全力を出した結果消えただけなのかは分からないが、いずれにせよ創造された聖剣は消失したみたいだから、これでティナさんが暴走する恐れはなくなったはずだ。

そして、それと同時に、俺の聖剣が勝利の雄叫《おたけ》びを上げるかのように、突然白く輝き出した。

「聖剣が……俺のことを呼んでいるのか？」

なぜそう思ったのかは、俺自身にもよく分からない。

なんとなく。本当になんとなくだが、聖剣の本体に呼ばれている気がした。

気のせいかもしれないし、その感覚があったのもほんの一瞬だけで、今は何も感じない。

ただ、魔剣には本体があったのだから、聖剣にも同じように本体があるのだろう。

だからもしかしたら、今もどこかに封印されている聖剣が、使い手として俺のことを……なんて、そんなこともあり得るのかもしれないのか。

だが今は、どこにあるのかも分からない聖剣のことより、目の前に迫っている魔物の軍勢をどうするかが重要だろう。

敵の軍勢は、さっきのティナさんの聖剣による一撃を目の当たりにして、完全に足がすくんでいる。

おそらく彼女はあれを連発することはできないと思うが、敵はそのことを知らない。

この情報をうまく使えば……敵を人間界から追い返すこともできるかもしれない！

翼を広げてゆっくりと高度を下げて地上に近づくと、それを見たシオリと猫が駆け寄ってきた。

　ティナさんの攻撃の爆風は地上にも届いていたらしく、二人とも慌《あわ》てているように見える。

「イツキ、今の爆発は？」

「今のは、ティナさんの聖剣による攻撃の余波《よは》だ。アカリもそこにいた」

「聖剣？　それは、イツキが召喚しているそれのことでは？　それに、そもそもティナさんというのは誰のことですか？」

「そうか、シオリはティナさんに会ったことがないのか。彼女《ティナさん》は、シオリが前に言っていた『二回目に召喚された勇者』の一人だ。俺の石化を元に戻してくれたのも彼女だ。おそらく、あの聖剣は俺のギフトとは違う方法で召喚……いや、創造《クリエイト》されたんだと思う」

「そう……ですか。敵ではないのですか？」

「ああ、敵ではない。それよりも、俺は今すぐアカリとティナさんのところに向かうが、シオリと猫もついてくるよな？」

　俺が聞くと、羽が生えていて、足が少し浮いた――聖化したままの俺の頭からつま先までを見たシオリはしばし悩んだのち答えた。

「もちろん私も行きます……ですが、イツキは空を飛んで向かうつもりなのですよね。私についていけるかどうか……」

「私は、人間の肩に乗せてもらうにゃ！　シオリも、人間に運んでもらえばいいにゃ！」

「運んでもらうって……さすがに重くないですか？」

「うっ……多分、大丈夫だと思う……」

　さすがに、女性に向かって「重いから運べない」とは、言えなかった。

　いや、別にシオリはそんなこと気にしない気もするけど。でも実際問題として、重量的な問題はほとんどないと思うんだよね。

　物理法則的には多分、こんな羽で俺一人の体重を宙に浮かせられるわけがないし、そもそも今俺は全く羽ばたいていないのに中空でホバリングしている。

　俺自身にもどういう理屈なのかは分からないが、おそらく魔力とかそういう力が働いているのだろう。

　そして、この力には、まだまだ余力がありそうだ。

　シオリ一人を運ぶどころか、数十人単位の軍勢や巨大な魔物でも運ぶことができるのではないだろうか。

　だけどそんなことを言えば話がこじれそうだから、とりあえず黙っておくことにしよう。

「ではイツキ、その、お願いできますか？」

「ああ……とはいえ、どう運べば……」

　この聖剣は、俺が手を放してもある程度コントロールできるらしい。背中に当てると、鞘《さや》もないのにそこに固定されたから、両手は自由になるのだが……

　かといって、シオリを米俵《こめだわら》を運ぶみたいに肩に担《かつ》ぐわけにもいかないし、両手を持って引き上げる形で運ぶことはできるだろうけど、その場合俺とシオリの腕にかなりの負担《ふたん》がかかってしまう。

　仕方がないから、シオリの肩と足に後ろから腕を当てて、もたれかかってもらい、そのまま持ち上げることにした。

「ふふっ、イツキ。これじゃ私、お姫様みたいですね」

「あの……いや、恥《は》ずかしいから黙っていてくれ」

　シオリは、想像していたよりも軽く、ほとんど力を入れなくても持ち上がる。線が細くて、力を入れたら折れてしまいそうで、そこには確かに女性らしい柔《やわ》らかさが……いや、考えるのはやめよう。

「それじゃあ、飛ぶよ」

「……イツキ、ほんとに飛んでます！　すごい！」

「あまりはしゃがないでくれ……じゃあ、加速するから掴まってて！」

「はい！」

「わかったにゃ！」

「イツキ、僕たちも準備オッケーだよ！」

俺の言葉に、シオリと猫とオニビから返事が来る。

シオリは両腕で俺の身体を掴み、猫は俺の肩に爪を立て、オニビは背中にぴったりとくっついた。

少し身体を揺すっても誰も落ちないことを確認してから、少しずつ高度を上げて森の上まで上がり、魔物と勇者が戦っている戦場へ一直線に向かう。

最初はある程度ゆっくりと緩《ゆる》やかに。少しずつ加速して歩くような速さで、さらに小走りくらいの速度でやや速く……

地上で生活する人間《シオリ》や猫は、こうやって空を飛んだことはないだろうから、怖がると思ったら、むしろ楽しんでいた。

そういう俺も、だんだん空を飛ぶことが楽しくなってきた。

さらに速度を上げると、やがて森を抜け、巨大な平原にたどり着き、その先に魔物の軍勢が見えてくる。

「みんな、見えてきた。あれが敵の、魔物の軍勢だ！」

「人間、このまま突っ込むにゃ！」

「イツキ、私もこのまま連れていってください！　私も戦えます！」

「分かった。さっきアカリたちがいた場所に向かう。着いたらシオリはアカリと合流してくれ！」

眼下《がんか》に大量にいる魔物の軍勢を横切り、一直線にアカリとティナさんのいる場所へ向かう。

魔物たちは白い翼を広げて空を飛ぶ俺たちを見上げるだけで、邪魔をしてこようとはしなかった。

空を飛ぶことができる魔物や、上空に攻撃を行える魔物が少ないのもあるかもしれないが、突然現れた俺にどう対処すればいいのか、伝達されていないようにも見える。

そうして進んでいくと、突然魔物が全くいない空白《くうはく》地域があって、その中心にアカリとティナさんがいた。

二人とも、俺たちの方をじっと見つめている。まだ距離は離れているが、どうやらこっちに気がついているようだ。

近くに着地してシオリを降ろし、彼女が地面に立ったのを確認して、黙っている二人の方に視線を向けた。

「アカリ、ティナさん……二人とも、待たせたな！」

「アケノ！　戻ったのですね！」

「シオリちゃん、来てくれたのね！　それに……イツキ君？　え、なんでティナちゃんのことを知っているの？」

「説明は後でする。とりあえず今は、あの魔物をどうにかする！　ティナさん、さっきの聖剣をもう一度、創り出すことはできるか？」

「できます……が、さっきの攻撃は、もう二度とできません！」

「大丈夫だ。攻撃は俺がやる。ティナさんは、創り出した聖剣を俺に手渡してくれ！」

「そういうことなら……」

おそらく、聖剣を創り出したティナさんにも、聖剣の正義衝動に似た何かがあったのだろう。

彼女は、聖剣のことを恐れているように見える。おそらくそれが、正しい反応だと、思う。

だけど多分、この戦争に終止符《しゅうしふ》を打つには、聖剣《このカ》を使う以外に手がないとも思う。

そしてきっとそれは、俺一人の聖剣召喚では足りない。さっきティナさんが聖剣を使っていたときのような共鳴を、もう一度再現する必要がある。

ティナさんは、慎重に、ゆっくりと聖剣を創り出す。

彼女は聖剣に触れないようにしていて、創り出された聖剣はストンと音を立てて地面に突き刺さった。その剣を俺は、ゆっくりと左手だけで引き抜く。

右手には、俺が召喚した聖剣を握りしめたまま、左手にはティナさんが創り出した聖剣を握る。

正義正

義正
義正
義正
義正
義正
義正
義正
義正
義正
義正
義正
義正
義正
義正
義正
義正
義正

義正義正義正義正義——

想定を遥《はる》かに超《こ》えた、頭が割れそうになるぐらいに強烈な衝動が体をむしばんでいく。

だけど、そんなことは折り込み済みだった。

ふらふらとよろめく俺の身体を客観的《きゃっかんてき》に観察して、衝動をコントロールする。

右手の聖剣と、左手の聖剣が共鳴し合って強い光を放つ。

俺は、背中の翼をはためかせて宙に浮き上がり、魔物の軍勢が見渡せる高度まで上がる。

そして、無造作に両手に握った聖剣を一振りする。

振った聖剣の軌道上《きどうじょう》を白い魔力が通り抜け、そこにいた魔物は跡形もなく消滅した。

「アケノ！」

地上から、ティナさんの声が聞こえたような気がした。

同時に、左手の聖剣が消滅して、衝動が和《やわ》らいだ。どうやら地上にいたティナさんがギフトの発動を解除して、聖剣を消してくれたようだ。

おかげで少しずつ戻ってきた自我《じが》を総動員して地上に降り、自分の聖剣の召喚も解除する。

「イツキ君……」

「アカリ、どうなった？」

「すごいよ。ティナちゃんの攻撃のときよりもたくさんの魔物を、たったの一撃で……でも、もうこんな無理はしないで！」

「そうです、イツキ！　敵を倒せても、イツキが倒れたら意味がないんですよ！」

「アケノ……二人の言うとおりです。もう二度とこんなことは」

三人がこんなに心配するほど、今の俺はひどい状態なのだろうか。

確かに、全身から力が抜けるような怠《だる》さはあるが……でも、もう二度とこの力を使わないという約束は、できない。

この力は抑止力《よくしりょく》だから。魔物の軍勢がこれでも諦《あきら》めて帰らないというのなら、何度でも同じことを繰り返さなくてはならない。

「アケノ、どうやら敵軍は進行を止めたようです。一度村に戻りましょう！」

「そうだね、ティナちゃんの言うとおりだよ。イツキ君は、一度休憩《きゅうけい》した方がいいよ！」

「今度は私が、イツキを運びます。イツキはゆっくりしていてください！」

俺は、ティナさんが創造《ギフト》で創り出した、宙に浮かぶタンカのようなものに乗せられて、運ばれることになった。

平原を移動していると、途中で他の勇者や、王宮で働いていたメイドや執事とも合流して、やがて都市のようなものが見えてきた。

その都市——村らしい——に近づいた頃には、俺の体力や気力はかなり回復していたから、自分の足で歩いて村に入ることにする。さすがに、あんなもので運ばれているのを見られるのは恥ずかしいし、勇者ともなれば、そういう体面も気にしなくてはいけないと思ったためだ。

村に入った俺たちを出迎えたのは、この世界の人たちの手厚《てあつ》い歓迎だった。

勇者の凱旋《がいせん》を一目見ようと、俺たちが歩く道の両脇には人垣《ひとがき》ができている。しかも、ビルのような建物の窓から身を乗り出している者もいた。

どうやら、彼らの目的は、アカリに集中しているようだ。

時折「精霊使いの勇者様！」という歓声が聞こえてくるし、アカリが何気《なにげ》なく視線を向けるだけで、その先ではキャーキャーという騒ぎ声が聞こえてきた。中には目が合っただけで気絶《きぜつ》してしまう者までいるほどだった。

「これじゃあ、勇者っていうよりアイドルだよな」

「もう、イツキ君！　ふざけてないで、行くよ！」

ふと思ったことを漏らしたら、アカリに怒られてしまった。

彼女もどうやら今の状態に慣れていないようだから、からかってもいいが……今この人混みでそれをやってしまうと、俺にまで飛び火するかもしれない。「精霊使いの勇者様と楽しげにしているあいつは何者だ？」みたいにな。

それに、あまりしつこいと、面倒くさいやつだと思われそうなので、ほどほどにしておこう。

「それにしても、ここは、俺たちが召喚された街じゃないよな。こんなに大勢の人がいる村があったのか？」

「それは違うよ、イツキ君。紆余曲折《うよきょくせつ》あったんだけど……」

「そうですね。私たちも何が起きたのか詳しく知っているわけではありませんが、私たちが魔界に行っている間に、人間界ではいろいろあったそうなのです」

「うん。ティナちゃんたち、第二次勇者が召喚されたり、そのとき王様や第一次勇者と争いになったりもしたみたいだよ」

「……そうなのか？」

アカリとシオリの話を聞いてティナさんに視線を向けると、彼女はこくりと頷《うなず》いた。

「はい。私としては、特に争うつもりもなかったのですが、彼らが私たちを支配しようとしてきた以上、反撃しないわけにはいきませんでした。そのとき王族は逃げてしまいましたので、代わりに仕方なく、今あの街は私たちが管理しています」

そのとき石化していた俺には状況がよく分からないが、要するに、召喚されたティナさんたちは、王国の言いなりになるのが嫌で反抗した。そして、逃げ出した王様を中心に、この村に移住することにしたらしい。

「それと、イツキ君。今は世の中がこんな状態でしょ？　小さな村では魔物の侵攻に耐えられないってことで、そういう場所で暮らしていた人たちがどんどん集まってきているみたいだよ」

「はい。それは私たちの管理している街でも同じことが起きています。私たちは定期的に周囲の村を巡回し、街への移住を勧《すす》めていました。街にいる人間の数は、私たちが召喚される以前よりも増えているはずですよ」

「俺が石化している間にそんなことが……」

話を聞いてもよく分からないことはあるが、とにかく、この人の多さには納得がいった。

この世界には中心の街の周りに中規模の村がいくつかあり、そのさらに外側には小さな村が点々と、無数に存在しているらしい。

普段は農耕で生活していてほとんど都会には顔を出さない彼らも、魔物の脅威《きょうい》から逃れるために一時的に避難した結果、ここにはこの世界ではかつて見たこともないくらいの人が集まっている。

日本の都会ではある意味珍《めずら》しくもないこの人混みは、この世界では史上初になるのかもしれないな。

魔物との戦いが終わったら、彼らはまた元の村々に戻っていくのだろうか。それとも、ここからさらに近代化が進んでいくのだろうか。

そんな話をしながら歩いていると、後ろの方でさらに大きな歓声が上がる。

「あれは？　今度は何が起きたんだ？」

「アケノ、あれは多分、別行動していた者たちが帰ってきたのです。私の配下はこの村での知名度はいまいちですから、おそらくアカリたちの仲間かと」

「そうだね、ティナちゃんの言うとおり、あれは真の勇者と赤髪君たちだと思う。それで、イツキ君。ここが新しい王宮だよ。他の勇者たちも、ここに集まるはずだから、先に入って待っていよう！」

「そうだな」

アカリが王宮と言っていたその場所は、周囲の高層ビルに比べると地味というか古いというか、伝統的というか……

木造平屋建ての、面積の広い建物で、さすがは王宮ということなのか、目に見える柵があるわけでもないのに、村人たちは一定の距離を置いて、近づかないようにしているようだった。

中に入って廊下を歩き、部屋に入る。そこには見知らぬ数人のグループと、王様と魔術師長と、その隣に控える知らない女性。後は、メイド服や執事服を着た使用人らしき人が何人かいた。

数人のグループは、俺たちが部屋に入ったのを確認すると、ティナさんに近づき頭《こうべ》を垂れた。それに対してティナさんは、何やら命令をしたり報告を聞いたりしている。

おそらく彼らが、ティナさんと一緒に召喚された第二次勇者なのだろう。

そして、王様たちの隣にいる女性は……王妃といった感じではない。科学者のような白衣に身を纏《まと》っていることから考えると、Sレアのギフトである錬金術師を獲得した勇者なのだろうか。

部下と話をしているティナさんから少し離れ、部屋の隅に陣取っている王様たちのところへ行こうとしたら、再び扉が開いた。

扉の先には、真の勇者と忍者と、赤い髪の勇者がいた。

あいつは、以前勇者をまとめて張り切っていた……見覚えのある赤い髪に目が行くが、苔団子《こけだんご》を倒すだけで大喜びしていたときの陽気な青年の面影《おもかげ》はすでにない。鋭い表情で、真の勇者と何やら話し合っている。

いかにも勇者といった貫禄《かんろく》があり、いくつもの死線をくぐり抜けてきたことが想像できる。

その赤髪の勇者は、まずは王様と魔術師長へ駆け寄って「ただいま戻りました」と報告をし、それから振り返って俺たちの方へ顔を向けた。

その視線は、アカリやシオリやティナさんではなく、俺を一直線に見ていた。

「久しぶりだな、皿洗い！　俺は、強くなったぞ！」

「お、おう……そうなのか。それはよかったな……」

突然、まるでライバルに対するような声をかけられた俺は、戸惑《とまど》う。

一体どうしたんだ、こいつは……苔団子《こけだんご》のときのことをまだ根に持っているのか？　そんな感じではないようにも見えるが……

「イツキよ、よくぞ戻ったのじゃ。……早速で悪いのじゃが、お主とこの赤髪とでどちらが勇者に相応《ふさわ》しいか競ってくれ。次の勇者に相応《ふさわ》しい者を、その戦いで判断する。勝った者を、次なる勇者とするのじゃ！」

……何を言っているんだ、このじいさんは？

突然、勇者同士で戦えと言われて、思わず口ごもる俺とは対照的に、赤い髪の彼は「分かった」と短く返事をした。

何が分かったのかは知らないが、本気で俺と戦うつもりらしい。

それも、真の勇者に言われて仕方なくという感じではなく、彼自身が俺と戦いたがっているように見える。

以前俺はこの男と関わったことがある。そのときは異世界に召喚されたことにはしゃいでいるようですらあったのだが、今の彼は明らかに違う。

俺が魔界で戦ったり石になったりしている間に、彼にも何か転機があったのだろうか。

彼が俺に向けて放つのは、殺気とは違う。言葉にするのなら「純粋な闘気」というのが相応《ふさわ》しいのかもしれない。俺には戦闘狂の考えは分からないが、ここまで純粋な想《おも》いをぶつけられたなら、応《こた》えてやりたいとも思った。

「そういうことなら、俺も戦おう。場所はどうするんだ？　ルールは？　聖剣は召喚してもいいのか？」

「聖剣……ってのは、さっきの攻撃の力か？　別に俺はかまわない。競う相手に『手加減しろ』とは言えないからな！」

「安心しろよ。その攻撃ってのは、魔物を追い払った一撃のことだと思うが、人間相手に使うつもりはないぜ。そもそもあれは、俺とティナさんの聖剣を共鳴させたものだから、俺一人の力じゃないわけだしな」

それに、あの攻撃は俺自身が暴走するリスクもあるから、使用は最低限にしておきたいしな。

そういうわけで、俺は右手に聖剣を召喚する。

全身を白い光が包み込み、聖化の状態になり、翼を軽く動かすと足が地面から離れて身体が宙に浮く。

俺たちが今いるのは一応は室内だが、王宮の代わりとして使われているだけあって、天井は高いし、戦うのに十分な広さもある。

これなら、わざわざ外に出る必要もないだろう。

「いいぜ！　いつでもかかって来いよ！」

「それが、話に聞いていた聖剣か。相手にとって不足はない！」

赤髪は、聖化した俺の姿を見ても物怖《ものお》じせず、むしろ闘志を燃やして、背負《せお》っていた宝剣――ソラワリを取り出した。

ソラワリの青白い刀身が、赤髪の気持ちに呼応するように、聖化の白い光を反射して青白い光を放つ。

「それでは、始めるのじゃ！」

真の勇者があげていた手を振り下ろした瞬間に、俺と赤髪の戦いは始まった。

先に動いたのは、赤髪ではなく俺だった。

というより、宙に浮く俺を相手に、赤髪は何もできなかったというのが正しいか。

羽ばたくこともなく空中を自由に移動できる俺は、身体を少し傾《かたむ》けながら、高い位置から赤髪の勇者に斬りかかった。

真の勇者から学んだ剣の技術を聖剣の威力に乗せて、並の魔物であれば一撃で消し炭《ずみ》になるような攻撃を何度も繰り返す。

一撃――

二撃――

三撃――

赤髪の勇者は少しずつ後ろに下がりつつも、俺の攻撃をソラワリで確実に受け流す。

俺の攻撃には、敵の武器ごと破壊するのに十分な威力が込められているはずだが、さすがは伝説の宝剣だ。

それとも、赤髪の技術が優《すぐ》れているからなのか。どちらにしろ、剣には傷一つついていない。

そして、単調に繰り返した俺の攻撃は、たった三回で見切られてしまったようだ。

四撃を繰り出そうとした瞬間、その隙《すき》を縫《ぬ》ってソラワリの斬撃が迫った。

俺は慌《あわ》てて体を反《そ》らしてその攻撃をかわし、そのまま空中でバク転をして距離をとってから、再び向き直った。

「なるほど……なかなかやるようだな……」

「お前も、皿洗いにしては戦えるじゃないか。だが、真の勇者に鍛《きた》えられた俺は、そんなお前の上を行く！」

「真の勇者に鍛えられた……か。それは俺も同じだ。自分だけが特別だなどと、思わないことだな！」

そう言って俺は、翼が発生させている揚力《ようりょく》を消して、地面に足をつける。

どうしても、空中からとなると、攻撃が単調になってしまう。それではこの赤髪には勝てないと判断し、優位性を捨ててでも、地に足をつけて戦うべきだと判断した。

俺は、結局最後まで真の勇者に勝つ力を身につけることはできなかったが、短い期間とはいえ彼から剣術の極意《ごくい》を学んだ。

真の勇者の今の弟子《でし》は赤髪なのかもしれない。だとしたら俺は、兄弟子として、無様《ぶざま》なところを見せるわけにはいかない。

真の勇者から学んだ技術――真の勇者の動きを思い出して、そのすべてを目の前の敵にぶつけることにする。

今度の相手も、強敵だ。勇者ということで今も何かのギフトを発動させているのだろうし、使っている武器も、伝説級の宝剣だ。さらには真の勇者直伝《じきでん》の剣術も持っている。

だが、俺だって今まで何度も強敵と戦ってきた。

洞窟の魔物。魔界の魔物。魔王子とだって戦ったし、魔剣に取り込まれた鬼とも戦った。

「だあああああああっ！」

雄叫《おたけ》びを上げて走ってくる赤髪に応《こた》えるように、俺も腹の底から声を出す。

「うおおおおおおおっ！」

そこから先は、剣術など関係ない、力と力のぶつかり合いが始まった。

俺と赤髪の実力はかなり拮抗《きっこう》しているらしい。

俺が聖剣を振り下ろすと、確実にソラワリで受け止められるが、俺も赤髪の攻撃を確実に防いでいる。

ただ、互いに完全に防ぐことはできないから、身体に小さな傷が増えていく。

三十秒近く、無呼吸のまま攻防が続き、息が切れそうになる瞬間に、互いに強く剣を振るって弾き合った。

間合いの外まで距離を取った俺たちは、決して気を抜くことはなく、ようやく一息つく余裕ができた。

「はあ……はあ……」

赤髪の勇者も、俺と同じように息を乱していた。

なかなか決着がつかずに時間と体力だけが消費されていくと、どうにかして状況を変えたくなるが……いや、このまま粘《ねば》って相手が崩れるのを待つべきか……

息を整《ととの》えながら、決して油断をせず、互いに睨《にら》み合う。

王様や魔術師長、使用人や他の勇者たちが見守る中、赤髪の勇者が極限《きょくげん》まで集中力を高めた状態で、静かにソラワリを握りしめた。

「うおおおっ！　強化！　強化！　強化‼」

どうやら彼は、ソラワリに対して何かを――おそらくは、ギフトの発動をさせているようだ。

彼自身が「強化」と言い続けていることから、物質などを強化できるギフトなのだろう。

その強化の力を受けたソラワリは、刀身が透明度《とうめいど》を増していく。青みがかったガラスみたいに、うっすらと向こう側が透《す》けて見えた瞬間――

パリン。

それこそガラスが割れる音がして、剣の表面を覆っていた膜《まく》のようなものが砕《くだ》けて散った。

刀身が砕けて消えたソラワリの柄《つか》からは、ぼんやりと揺らめく、空色の靄《もや》が立ち上っている。

その現象を起こしたはずの赤髪は、目の前の状況に困惑している。

そんな中で、ただ一人何かを知っている風な顔をして、真の勇者がゆっくりと赤髪に近づいていった。

戦いのさなかだと彼を止める人は誰もいなかった。いや、そうさせないだけの雰囲気《ふんいき》が、今の真の勇者にはあった。

「よくぞ、ソラワリを解放した。赤髪よ、お主が次の勇者に相応《ふさわ》しいのじゃ！」

そう言って、真の勇者は赤髪の勇者に石化していない方の手を伸ばし、一言「継承《けいしょう》」と呟《つぶや》いた。

真の勇者からオーラのようなものが抜けていき、赤髪の勇者の中に静かに溶け込んでいった。

赤髪にエネルギーが流れ込んでいくのと同時に、真の勇者からは精気が抜けていくようだった。

プレッシャーがどんどん薄まっていき、腰が曲《ま》がり、皮膚はしわが深くなり、老《ふ》け込んでいく。

数秒後に、勇者のギフトの継承は完了したようで、そこには、どこにでもいそうな一人の老人と、その老人から啓示《けいじ》を受けるようにかしずく赤髪の勇者の姿があった。

俺と赤髪の勇者の戦いはこれで終わりみたいなので、聖剣の召喚を解除して近づいていくと、真の勇者が俺に振り返り、申し訳なさそうに話しかけてきた。

「イッキよ、すまぬ。じゃが、やはり次の勇者にはソラワリの封印を解いた赤髪こそが相応《ふさわ》しいのじゃ」

「真の勇者……ヒロスケさんから聞いたんだが、皿洗い、元々はお前が勇者の弟子で、勇者候補《こうほ》でもあったらしいな。それを奪う形になったことはすまないと思うが……それでも俺は、いや、だからこそ俺は、与えられた勇者の役割を果たそうと思う」

赤髪の勇者も、真の勇者に続き、一緒に頭を下げる。

俺は、真の勇者が勇者のギフトを誰かに譲ろうとしているなんて話は今初めて聞いたのだが、どうやら赤髪の勇者たちはすでにそのことを知っていたらしい。そういうことなら、とりあえずここは空気を読んで返事をすることにしよう。

「分かった。だったら、勇者の仕事はお前に任せるよ。まあ、せいぜい頑張《がんば》ってくれ」

「……すまん、ありがとう」

赤髪の勇者はそう言って、俺に頭を下げると、気を取り直して王様と魔術師長のところへ走っていった。

その場に残された俺は、同じく残った真の勇者と改めて話をすることにした。

「それにしても、勇者の弟子だとか継承だとか、そんな話は初めて聞いた。なんで黙ってたんだ?」

「それは……すまぬのじゃ。あのときのワシは、次の勇者に相応《ふさわ》しい者を見極めるまでは隠しておくつもりだったのじゃ。話してしまうと、別の候補が現れたときに申し訳ないと思ったからの。じゃが、イツキよ、勇者に相応《ふさわ》しいと目をつけていたお主が石化したのを見て、隠すことをやめたのじゃ。その結果、お主と赤髪を戦わせることになってしまい、しかもお主には結局何も与えることができなかった……本当に、申し訳ないと思っているのじゃ」

「ま、まあ、そんなにかしこまるなよ。それに、俺は別に勇者になんて、なりたくないしな! なんて言うか、俺が勇者に相応《ふさわ》しいとは、俺自身が思えない。それこそ、そこの赤髪みたいなやつの方が、勇者って感じがするんだよな」

こうして話をしてみると、完璧超人のように見えた元真の勇者でさえも、いろいろと悩んでいたことが分かってくる。

勇者だからといって常に正しい行動をとれるわけではないし、だからこそ、勇者の行動には多大な責任が伴うのだろう。

この元真の勇者――杖突《つえつき》さんがただの老人に見えるのは、力を失った以外に、この責任から解放されたからというのも、あるのかもしれないな。

そして、次なる勇者のギフトを与えられた赤髪の勇者は、初めて会ったときとは見違えるほど、勇者らしくなった。

王様と魔術師長という権力者を相手に、堂々と話している。

これからは、あの赤髪が真の勇者、俺たち勇者の代表ということになるのだが……あの様子なら、任せても大丈夫だろう。

ゆっくりと歩く杖突さんに並んで、俺たちはアカリやシオリ、その他の勇者と再び合流する。

第二次勇者たちは、今の、俺と赤髪の戦いを見て、何か思うところがあったのだろう。ティナさんも含めた全員で一カ所に集まって話をしていた。

そして、俺はアカリとシオリのそばに戻る。

「イツキ君、お疲れ！　あのまま戦えば、イツキ君が勝ってたと思うんだけどね」

アカリがそう声をかけてくれた。

「いや、それはどうかな。あいつは最後にあのソラワリの力を解放していたから、逆に返り討ちに遭《あ》っていた可能性もある」

「ふーん……イツキ君は、あの剣がどんな力を持っているのか知っているの？」

「いや、前に一度握ったことはあるが、結局力の二割ぐらいしか引き出せなかったからな。そのときは、普通によく切れる剣ぐらいにしか感じなかった」

「私も以前、自分のギフトである図書館であの剣を調べたのですが、分かったのはあの剣が作られたのは遥《はる》か古代で、何らかの目的のために作られたということだけでした……それ以上の情報は、その時点では調べても見つかりませんでした」

「何らかの目的……シオリ、そのとき見つからなかったっていうのは、今探せば見つかるかもしれないってことなのか？」

「はい。可能性はあります。図書館は、スキルツリーを伸ばすほど蔵書《ぞうしょ》が増えていきますから。ですが、その分特定の本を探すのが難しくなるという欠点もあるので、時間はかかると思いますが……」

「そうか。俺はどうも、あの剣の力が少し気になるんだ。暇なときでいいから、調べてくれないか？」

「任せてください！」

　俺がシオリに調査をお願いしたのは、単純に俺の好奇心が働いたからというのもあるんだが、解放されたあの剣と対峙《たいじ》したとき、何か、俺の知っている情報と結びつきそうな感覚がよぎったからというのもある。

感覚的には、俺の中の何かが、あの剣に引き寄せられるような……それが何なのかは今の俺には分からない。もしかしたら、以前は俺が使っていた剣だから、そのときの感覚を思い出したとか、そんな理由なのかもしれない。

だとしたら、調べても何も出てこないことになるので、シオリには無駄骨を折らせたことになるんだが……どうにも、俺の直感がそうではないと言っている気がするんだよな……

アカリとシオリと俺の三人で話していると、赤髪の勇者が王様との話を終えてやって来た。

その目はまっすぐ俺を見ている。

「皿洗い……いや、イッキ。そしてアカリさん。俺はこれから、新たなる勇者の代表として国民に挨拶《あいさつ》をしたい。二人も、俺についてきてくれないか？」

「だって。イッキ君、どうする？」

「赤髪、お前のお披露目《ひろめ》兼権威《けん》づけってところか。別に俺はかまわないが……どうして俺まで？　アカリはお前と同じくこの世界で有名人みたいだが、俺のことを知っている人なんてほとんどいないぞ？」

「それは……」

魔物との戦争は終わっていないから、パフォーマンスが必要だというのは分かる。だが、それに俺が巻き込まれる理由はない。そう思っていたのだが、その返事は赤髪本人ではなく、隣にいたアカリから返ってきた。

「イツキ君、きっと赤髪君はさっきの戦いで、イツキ君の力を認めたんだよ。だから、みんなの考えとかは関係なく、イツキ君にも自分こそが次の真の勇者だって認めてほしいんじゃないかな」

その言葉を聞いて、赤髪は恥ずかしそうにその赤い髪をいじった。どうやらアカリの言った言葉が図星であったらしい。

「まあ、そういうことなら、俺が一緒に行くのはかまわない。一応俺も勇者だから、ついていっても違和感《いわかん》はないはずだしな」

宮殿の裏口から抜けて人通りの少ない道を進んでいった俺たちは、建物の少ない地区の、大きな公園……であろう場所についた。

俺たち勇者がここで演説を行うという情報はすでに忍者が中心になって人々に広めているらしく、気が早い人たちがすでに集まってきている。

王宮ではなくこんな公園で演説を行うのは、王宮周辺にはあまり人が集まれる場所がないかららしい。ただ、演説をする中心部に向かおうにも、臨時で用意された公園に、隠し通路などがあるはずもなく。

俺たちはフードを目深《まぶか》にかぶって顔を隠しながら、こそこそと公園の中央に設置されている天幕の中へ入っていった。天幕のすぐ隣では櫓《やぐら》がくみ上げられている最中で、これから赤髪はあの上で勇者のギフトを継承したことを公表する。

「王様たちの準備に少し時間がかかるらしいでござる。赤髪殿、しばらくお待ちくだされ」

「ああ、分かった。……分かった」

忍者と打ち合わせをしている赤髪は、堂々としているようにも、緊張で震えているようにも見えた。

これから彼が行うのは、いわば真の勇者という存在を引き継《つ》ぐための儀式だ。

先代の真の勇者に当たる杖突さんは、その弱った姿を隠すために参加しないことにしたという。代わりに、王様から真の勇者の証《あかし》である伝説の宝剣《ソラワリ》を受け渡されるとのこと。

王様がそれっぽい口上を述べて、赤髪はソラワリを受け取るだけ。それでも赤髪があそこまで緊張しているのは、この世界の大勢の人々の前で行うから、なのだろう。

赤髪には、元々持っていた『強化』に加えて『勇者』のギフトも継承されているのだから、実質的にはすでに『真の勇者』だ。だが、やはりこの世界の人々には、こういう儀式を経て初めて次の真の勇者であると認識される。

逆に言えば、この儀式をしても人々が赤髪のことを認めなければ、赤髪は真の勇者になれないだろう。

ただ、準備している赤髪は手応《てごた》えを感じているようだ。それに、わざわざこんな儀式をすることを誰も否定しないということは、王様や魔術師長、真の勇者のジイさんも、みんな赤髪に信頼を寄せているにちがいない。

そんな状態なら、よほどのことがない限り暴言《ぼうげん》が飛んでくることもなさそうだ。俺は安心して、すぐ後ろの特等席から見ていることにしよう。

時間が経つほど、天幕の外は騒がしくなってくる。

早くやって来た民衆は、建築系のギフトを持つという勇者数人が次々と櫓《やぐら》を完成させていく様子を見て楽しんでおり、時折大きな歓声が聞こえてくる。

それからさらにしばらく経つと、今度は逆に異様な静けさに包まれていった。

多くの人々の息づかいだけが聞こえてくる。これから始まる重要な儀式のために、衣擦《きぬず》れの音すらさせないようにしているようだ。

「……赤髪殿、準備をお願いするでござる」

「王様がまだ来ていないが、大丈夫なのか？」

「想定よりも人の集まりが早かったため、王様は間に合わなかったでござる。しかし、王が来ることもパフォーマンスに組み込むことにしたので問題ないでござる。もうじき王がこの会場に来て、先に上がることになるでござるから、拙者が合図をしたらお主らにも来てほしいでござる」

「そういうことか……」

赤髪と忍者は引き続き声を潜めて話をしている。だが——その小さな声すら聞こえるほど静まっていた空間は、突然公園の一角から聞こえてきた、騒ぎ声に一気に塗りつぶされた。

「王様が来たようでござるな」

「ああ。始まったみたいだな」

忍者と赤髪は再び気を引き締《し》める。その緊張感は、周りで待機していた俺たちや、天幕内に待機していた使用人たちにも伝播《でんぱ》していった。

ざわざわという騒ぎ声は少しずつ近づいてきて、カツカツと、階段を上る音がした直後にピークが来た。歓声が上がり……その直後に、再び静けさを取り戻した。

おそらく、公園の外から歩いてきた王が櫓《やぐら》の上に上り、民衆に向かって「静まるように」というジェスチャーをしたのだろう。

「赤髪殿……」

「ああ、分かっている。お前らも、ついてきてくれ」

忍者に呼ばれた赤髪は俺たちに声をかけて、ゆっくりと天幕を抜けていった。

俺たちも無言で頷《うなず》き合って、二人の後についていくことにした。

目の前には、高さが三メートル以上はあるステージが用意されていて、その周りには急《きゅう》勾配《こうばい》のスロープが二つ用意されていた。

王様たちは向こう側のスロープから上って、すでに一番高い場所で待機している。俺たちは逆側のスロープを上っていくことになる。

無言で待ち受ける王様たちのもとへ、赤髪はゆっくりと胸を張って歩いていく。

無数の視線を浴びながら、そんなものは意にも介さないと言わんばかりに突き進んでいく様子は、まあ、勇者に見えなくもない。

俺とアカリもその後を追って、勇者の一員としてついていく。

「……よくぞ来た！」

「ハハッ、王の勅命《ちょくめい》に従い魔物と戦い、帰参《きさん》いたしました！」

「暮星勇太《くれほしゆうた》よ！　お主は、度重《たびかさ》なる魔物の軍勢との戦いで戦果を上げた。今、我々がこうして、かろうじて平穏《へいおん》を保つことができているのは、お主の活躍によるところが大きい！」

「過大《かだい》なる評価、痛み入ります」

「しかし、いまだ魔物の脅威《きょうい》が収まったわけではない。我々はこれからも、お主の力に頼る必要がある。そこで、暮星勇太には、先代の真の勇者に次《つ》いで、二代目の真の勇者を命じることとする！」

「……謹《つつし》んで、お受けいたします！」

この儀式は、魔術師長や錬金術師が協力して設置した魔術によって、公園中どころか、この村中に放送されているらしい。

王様と赤髪はやりとりを終えると、王様は隣に控えていた従者から大剣を受け取って、それを赤髪に渡した。

その時点では、刀身は復活していたが、輝きを失っていた大剣——ソラワリは、赤髪の手に渡った瞬間、青くまばゆく輝き出した。

両手で受け取ったソラワリを赤髪が高く両手で掲《かか》げると、光はさらに明るさを増して、公園全体を照らすほどの光量になる。

すぐそばで見ている俺には、眩《まぶ》しすぎて目を開けているのが辛《つら》いぐらいなのだが、遠くから見たら、希望の光が輝いているように見えるだろう。

一瞬の静けさの後、会場は割れんばかりの歓声に包まれた。

あえて言うが、民衆は大いに盛り上がっているけれど、それで俺たち勇者が強くなるわけではない。

また、結局のところ、魔族と戦うのは勇者だけなのだから、こんな茶番に意味はないと考えることもできる。

だが、だからといって、民衆のことをないがしろにしていいわけではない。

俺たちがどれだけ強くても、「なんのために戦うのか」という話になったとき、その答えは「この世界の人々のため」ということになる。

まあ、個人的には俺たちが民衆に媚《こ》びを売る必要まではないとも思うのだが……

忍者によると、今この公園の広場には、この村の人口の八割以上が集まっているらしい。王宮が集まれと命じたわけでもなく、ただ「ここで重大な発表が行われる」と情報を流しただけだというのに……だ。

この村に集まっている人のほとんどは、自分たちの故郷を捨てて避難している人たちらしい。中には、魔物の侵攻に巻き込まれて、住んでいた村を滅ぼされた者もいる。

新しい環境《かんきょう》で暮らすというだけでもストレスがかかるのに、今も魔物の侵攻におびえ、さらに彼らには戦いが終わっても帰る場所がない。

誰もが「周りに不安を伝播《でんぱ》させないように」と強がっているけれど、内心では泣き出したいはずだ。

だからこそ俺たち勇者はこうして、彼らが押し潰《つぶ》されないように、定期的に希望を注入してやる必要があるのかもしれない。

赤髪に熱狂する人々を眺めながら、俺はそんなことを考えていた。

その後、赤髪は輝くソラワリを持って櫓《やぐら》の上を歩き、四方で一度ずつ剣を掲げるパフォーマンスを行《おこな》って、つつがなく儀式は終了した。

王様はこの後さらに演説をするらしいが、とりあえず俺たち勇者の役割はこれで終わったので退場することになった。俺たちは赤髪を先頭にして、天幕の方ではなく王宮のある方へと歩きはじめる。

数人の執事が先行して人垣をかき分けて、そうしてできた細い道を通っていく。

勇者ということでさすがに恐れ多いのか、ある程度の距離はあるが、それでも手を伸ばせば届きそうなところから応援や感謝の言葉を投げかけられる。

しかし、俺たちはまだ魔物の軍勢を完全に追い払ったわけではない。

こうしている間にも、王宮ではティナさん側の代表者である、将軍と呼ばれる人と、俺たちの代表者の魔術師長と忍者（分身）が作戦を考えてくれている。

戻ったらすぐに、また、俺たちは戦争に向かうことになるだろう。

ここにいる、俺たちに期待の声を投げかけてくれる人たちを守るために、攻めてくる魔物と戦う。

魔物にも家族がいるのかもしれないし、彼らには彼らの考えがあるのだとは思う。それでも俺は、より身近な存在である人類のために戦いたいと思う。

もしかしたら、俺たちにそう思わせることこそが、この儀式の本当の目的なのかもしれないな。

俺たちは途中で裏道に入り、そこからはフードで顔を隠し、追っかけたちを走って振り切って、王宮にたどり着いた。

ここまで来れば、民衆たちは近づいてこないから、ようやく一息つくことができる。

赤髪は忍者と一緒に魔術師長のところに話を聞きにいくらしいから、俺とアカリは宮殿で待機していたシオリと合流する。

「イツキ、アカリ、お疲れ様でした。そういえばさっき、二人のことをティナさんが探していましたよ」

「ティナちゃんが？　私とイツキ君を？　イツキ君、心当たり、ある？」

「いや、ないな。シオリ、彼女は何か言ってたか？」

「いえ、特に……詳しくは、彼女に直接聞いてください。ちょうど来たみたいですよ」

シオリの目が向いている方に視線を向けると、そこにはキョロキョロとあたりを見渡すティナさんがいた。

彼女にしては珍しく、青ざめて冷や汗をかいていて、余裕がないようにも見える。

ティナさんは、俺たちを見つけると、脇目《わきめ》も振らずに駆け寄ってきた。

「アケノ、アカリ！」

よほど慌《あわ》てていたのだろう。俺たちの前で立ち止まると、膝に手をつき、肩で息をした。

アカリはそんなティナさんの背中に手を当てながら、落ち着いた口調《くちょう》でゆっくり話しかけた。

「ティナちゃん、大丈夫だよ……どうしたの？　私とイッキ君に、何か用事？」

「アカリ……助けてください。私の部下が残っている街が、魔物の襲撃に遭《あ》い、制圧されたと。ついさっき、部下から助けを求める伝言が届きました……」

「魔物に？　なんで……あいつらは聖剣の攻撃を見て足並みを乱しているはず……それに、俺たちが今いるのは、魔物の軍勢と街との中間にある村だ」

俺が、ティナさんの聖剣を借りて魔物を大量に消し飛ばした直後は、確かに敵は混乱していた。

いくら立て直しが早かったとしても、ここから魔物の軍勢がいた場所まででさえ、かなり距離がある。敵が大軍で移動していたのだとしたら、より時間がかかるだろう。

確かに俺たちは勇者の継承やらその儀式やらで時間を使ったが、それも時間に余裕があると考えていたからこそだ。

そこへ、忍者をはじめ、赤髪、王様、魔術部長、杖突さんが息せき切ってやってきた。

「イッキ殿、アカリ殿、シオリ殿……そちらの、ティナ殿の言うとおりでござる！　すでに拙者の分身は破壊されてしまったのでござるが、確認できた限り、敵の数は十に満たぬ少数で……どうやら、あの魔物の軍勢とは完全に別方向から進行してきたようなのでござる。つまり、ついさっきまで我らが戦っていたあの大軍は、敵にとっては囮《おとり》に過ぎなかったようで……ござる」

「忍者、どういうことだ？　ティナさんの部下ってことは、勇者なんだろ？　それに、お前は分身だったとしても、そんな簡単にやられることは……」

「イツキ殿……心して聞くでござる。街を制圧した魔物の中心にいたのは、魔王……あのときあの場所で、拙者やイツキ殿の目の前で村を滅ぼした、あのときの魔物でござる……」

忍者の言葉を聞いて、お祭りムードで盛り上がっていた俺たちに緊張が走った。

ここにいる中で、あの魔王と直接対面したことがあるのは、俺とアカリとシオリ、赤髪と忍者の五人だけで、王様や魔術師長、錬金術師や吸血鬼や杖突さんは、話を聞いただけだ。

だからなのか、その反応は、大きく二つに分かれた。

「赤髪殿！　今こそ力を示すときでございますぞ！」

「あ、ああ……そうだな……」

魔術師長はそう提案するが、赤髪は苦虫をかみ潰《つぶ》したような顔をして、声を絞《しぼ》り出した。

俺たち勇者は、あのときよりもレベルが上がっている。それは赤髪も例外ではない。

しかも彼は、ついさっき『勇者』というギフトを継承して、さらなる強さを身につけた。

だがそれでも、俺はあのとき戦った魔王には勝てる気がしない。赤髪も同じ思いだろう。

将軍がティナさんに力強く告げる。

「姫、こやつらに助けを求める必要などありませんぞ！　我々だけでも、救援《きゅうえん》に向かいましょう！」

「ダメです！　敵はあなたが考えているより遥《はる》かに強大です。将軍、あなたは、厳重《げんじゅう》に守りを固め、ギフトを持った兵士がいる都市を制圧することができますか？　敵はそれを、ほんの数時間で成《な》し遂《と》げたのですよ？」

「ですが……」

「それに、彼らの反応を見たでしょう。おそらくアケノやアカリや、そこの赤髪の彼は、私たちの街を制圧したそれと戦ったことがあるのです。そうですよね、アケノ？」

そう聞かれ、俺は何も言わずにこくりと頷《うなず》いた。

正確には「ああ、そうだ」と答えようとしたのだが、肺から出した息が声帯を揺らすことはなく、かすれた音が鳴るだけだった。

あのときと比べて俺は強くなっているはずだから、もしかしたら勝てるのかもしれないと楽観的《らっかんてき》に考えることもできる。だが、もしそうでなかったら。もしも、今の俺たちでもかなわなければ……

あのときは、人間界を守る結界があったから、魔王は撤退していった。

しかし、今はそれもなくなっている。今度こそ、俺たちを見逃してはくれないだろうし、それ以上に怖いのは……

そこへ、赤髪が口を開いた。

「ティナさん。俺は、あんたの部下たちが強いことも、あんた自身がそれ以上に強いことも知っている。イツキやアカリさんだって強くなったし、俺だって以前とは違う。勇者になったことでさらなる力も手に入れた。……だがな、それでも俺が、俺たちがあのときの悪夢に勝てる保証はできないんだ。……もちろん俺は勇者として戦うつもりだし、負けてやるつもりはない。だがそれでも、勝てると約束は、できない。あなたの部下という第二次勇者や、あの街にとらわれた民衆を救うために全力を尽くすが、それでも助けられるかは分からない。だから……残酷なことを言うようだが……」

覚悟を決めた赤髪の話を聞いて、魔術師長や王様――それに、将軍をはじめとする第二次勇者たちは「それほど圧倒的なのか？」と疑問を持っているようだが、俺も赤髪と同じ意見だ。

あのときは、俺自身がまだ弱すぎて、敵の実力を正確に計《はか》ることができたとは思えない。だからあくまでも体感の話になってしまうのだが……おそらく、敵の魔王は、力を失う前の杖突さんよりも、強い。

そして俺は、彼に勝つことができていない。

俺の召喚した聖剣と、ティナさんが創造した聖剣を共鳴させるという諸刃《もろは》の剣や、洞窟で回収して今の誰も触れられないところに保管している魔剣を使うという手段は残されている。だが、それを使ってようやく渡り合えるかどうかと言ったところだろう。

「ティナさん、赤髪の言うとおりだ。俺たちはもちろん、全力を尽くす。だけど、それでも勝てない可能性がある。だからそのときは、ティナの仲間を助けることを優先してくれてかまわないから、この世界の人たちや、俺たちと一緒に召喚された勇者のことも助けてやってほしい。ティナさんだけじゃなくて、ティナさんの仲間の勇者たちも、頼む……」

「……アケノ、アケノにそこまで言わせるほどの強敵なのですね、分かりました。将軍、あなたたちも、それでいいですね？　文句は言わせません」

「ハハッ……姫のお言葉の通りに……」

ティナさんが将軍に話しかけると、彼は頭を下げて跪《ひざまず》いた。

それを見たアカリは、赤髪に少し怒ったように話し出した。

「赤髪くん、君もだよ！　っていうか、君だけじゃなくて、みんなもそうだからね！　ティナちゃんたちが前に何をしたのかは、私はよく知らないけれど、今は勇者同士で争っているようなときじゃないからね！」

「あ、ああ……そうだな。分かっているさ、そんなことは」

アカリの言葉を聞いて、赤髪は素直に従った。

他の勇者や、王様や魔術師長も、嫌そうな顔はしているが反論するつもりはなさそうだ。

俺が魔界で石になっている間に何があったのかは知らない。ただ、赤髪たちと第二次勇者との間にあった亀裂は、魔王というより強い敵の出現によって、埋められるとまではいかないまでも、橋を渡すぐらいにはなったのかもしれない。

絶望的な状況であることに変わりはないし、第二次勇者たちからしたら、彼らが治《おさ》めていた都市が襲われたことになるんだろう。けれど、他の場所に魔王が出現していたら、おそらくこうはならなかったはずだ。もっと多くの地が破壊され、俺たちだけではどうにもならなくなっていた。

魔王との戦いで勇者や人類が全滅してしまっては元も子もないが、魔物たちが人間界を侵略しようとしていた以上、いずれは避けて通れぬ道だったとも言える。もしかしたら、魔王が街に現れたことは転機になるのかもしれない。

「イツキ、俺はこれから、魔王と戦うために街へと向かう。お前は……」

「もちろん俺も魔王と戦う。『ここに残れ』なんて、言わせないぜ！」

「イツキ君、赤髪君！　もちろん、私も一緒に行くよ！」

「イツキ、私も戦います！」

「無論、拙者も！」

「ボクも！」

「えっと、では私も……」

結局、この場にいる勇者の全員が、魔王を倒す戦いに向かうと言った。

その中には、魔王の恐怖を知っている者もいれば、実感としては知らない者もいた。

だけど軽い気持ちで言っている人は一人もおらず、その全員が勇者としての使命——決意のようなものを秘めていた。


話し合いの末、俺たちは魔王と戦うために街へ戻ることにした。

だが、だからといって、即座に向かうことにはならなかった。

ＲＰＧでも、ボスとの戦闘の前に、装備を整えたりスキルの点検をしたりするが、それと似たような感覚だ。

勇者たちは魔物を倒したことでレベルが上がっているから、ステータスカードでスキルポイントを割り振りたいところだろうし、装備が汚れたり傷がついてボロくなっていたりもしている。

今までは「この装備でもなんとかなるだろう」という気持ちで使い続けていたようだが、これから戦うのは、かつて圧倒的な力の差を見せつけられた強敵だ。

それに、街が制圧されてしまっているとはいえ、虐殺《ぎゃくさつ》などが行われているわけではないらしい。急ぐには急ぐが、準備をするのにかかった数時間で、状況が変化するとも思えない。

そういうわけで、休憩や準備を兼ねた自由時間を一時間だけ挟んでから、出発することになった。

赤髪は、装備を一新した。

今までは赤系のくすんだ色が主体の、ある意味「地味な」というか「目立たない」というか……よく言えば実用的な鎧を着ていたのだが、正式に勇者になったことで、それこそRPGの勇者が身につけていそうな、原色が多く含まれた派手なデザインになっている。

この新しい装備の制作には、服飾《ふくしょく》系のギフトを得た勇者が関わっているとかで、普通の鎧よりも軽くて堅い特別製なのだとか。

王宮の人たちは、希望すれば全員に新しいものを用意すると言っていたが、俺は遠慮をした。

用意する装備が一人分増えるごとに、準備に必要な時間は増えていくだろうし、それに俺は、今のこの装備が一番慣れているからな。

今まで魔物とはこの鎧で戦ってきたし、真の勇者との訓練のときもこの鎧を着ていた。

重要な戦いの前に、装備を一新させて能力値を上げる赤髪の考え方も分かるが、俺としては慣れないものを使うことへの不安の方が大きい。

まあ、このあたりの考え方は人それぞれだろう。誰が正解ということもない。

だが、そうなると俺は、他の勇者たちが装備を調《ととの》えているこの時間が手持ち無沙汰《ぶさた》になってしまった。

いまさら慌《あわ》てて何かをしてもどうしようもないし、かといって何もせずにいられるほど肝《きも》が据《す》わってもいない。

ということで、俺は魔剣の整備《せいび》をすることにした。

魔物たちの残骸からかき集めて巻きつけた布地を丁寧に一枚ずつ剥《は》がして、むき出しになった魔剣を丁寧に床の上に置く。

「直接触れないように気をつけて……」

直接触れてしまうと、触れたものが暴走する可能性があるので、細心の注意を払って。

当然、作業は個室で行《おこな》っているし、関係者以外入ってこないでほしいとも伝えておいた。

改めて魔剣を観察してみれば、見た目は俺が召喚したものと全く同じだ。

だが、剣自体が放つまがまがしさのようなものは比べものにならないほど強くなっていて、ある程度魔剣の扱いに慣れている俺でも、恐怖を抱《いだ》いてしまう。

あるいはそれは、俺がこの剣の恐ろしさを知っているからこそであって、何も知らない人からしたら「この剣を我が手に収めたい」という強力な欲求になるのかもしれない。

現に俺も、恐怖や畏怖《いふ》のような感情を抱いているはずなのに、気を抜くと剣に意識を持っていかれそうになっている。

しばらくの間、洗浄のギフトで、直接触れないように気をつけながら魔剣についている汚れを落としていると、コンコンと静かに扉をノックする音が聞こえた。

「明野樹さん。錬金術師の湯川《ゆかわ》です」

「錬金術師さん、入って。鍵《かぎ》はかけていない」

「入りますね……樹さん、これが頼まれていたものです。どうぞ……」

俺が錬金術師に頼んでいたものは、魔法陣のような模様《もよう》が描かれた、着物の帯みたいに細長い布だった。

この布は、王宮の職人やそういうギフトを持つ勇者などが用意した、赤髪の装備の布地にも使われているもので、耐刃性や対魔性に優《すぐ》れている。

その上に、魔術師長と錬金術師にお願いして、魔力を封じ込める魔法陣を描いてもらったのだ。

「樹さん、こんなものを何に使うんですか？」

「この布は、この魔剣を封印するのに使う。完全に抑えられるとは思えないが……」

そう言いながら、受け取った布を剣の先端から丁寧に巻きつけていく。

バットやラケットのグリップにテープを巻くように、隙間《すきま》ができないように巻いていく。

剣の鍔《つば》の部分は複雑な構造になっているから巻きつけるのが難しいけれど、そこもできるだけ丁寧に。布同士が重なっても問題ないから、それよりも剣の表面が露出《ろしゅつ》しないように気をつけて……

切っ先から柄《つか》の部分まで一通り巻きつけたら、一度布を切って結び、さらにその上からもう一度布を巻きつける。

元々は細身の黒い剣だったものが、完全に布で覆われ、棍棒みたいなシルエットになったところで、受け取った布を全て使い切ってしまった。

「まあ、こんなものかな。これならひとまずは安心できるかな……」

「……樹さん、先ほどの剣は……一体？　ものすごい、なんというか邪悪《じゃあく》な力を感じたような気がするのですが……」

「この剣は、魔剣、洞窟の最奥に封印されていた剣で、ある意味『呪われた剣』だ。ものすごい力があるが、同時に副作用もある」

「そうですか……布は十分でしたか？　足りないようなら追加を持ってきますが……」

「いや、これだけでとりあえず十分だ。錬金術師さんは、自分の準備はしなくてもいいのか？」

「私は……戦いには参加できませんので。赤髪の勇者にはすでに大勢のサポートがついていますし、私はアカリさんとシオリさんの二人とは折り合いが……まあ、私のことはいいとして、何か足りないものがあれば用意しますよ？」

そういえば、前にアカリと話していたときに、錬金術師の話題が出るだけで不快そうな顔をしていたような気もする。気のせいではなくて、本当に仲が悪いのか。一体何があったんだろう。

そんな場合でもないのだから、仲良くすればいいのにとは思う。人間関係はそんな簡単でもないので、俺からは何も言わないけど。

「足りないもの……そうだな。この剣を運ぶための、鞄《かばん》みたいなものがあると助かる……かな」

「まさか、戦いに持っていくつもりですか？　危険なものなのですよね？」

「いや、危険は危険だし、邪魔になる可能性もあるけど、かといって手元から離すのも怖いからな」

「そうですか……分かりました。用意しておきます。時間までには用意しますので、待っていてくださいね」

そう言い残して、錬金術師は扉を開けて出ていった。

布をぐるぐるに巻きつけた魔剣を掴んで持ち上げると、指先を通してピリッとした感覚があるが、意識しないと気づかないレベルのものだから、無視しても大丈夫だろう。

念のため、カモフラージュの意味もこめて、新品の綺麗《きれい》なこの布の上に元のボロボロの布きれを雑に巻きつけてから、それを持って俺は個室から出た。俺にできることはないかもしれないけれど、じっとしていても落ち着かないし、やれる範囲で勇者たちの手伝いをしようかな。

「あ、イッキ君！」

「アカリ、準備はもういいのか？」

「うん。私は、服はこのままでいいかなって思うし、用意するものもないからね！　それよりも、さっきその部屋におばさんが入っていったよね。何か用事があったの？」

　アカリに言われた俺は一瞬「おばさん？」と、誰のことか考えてしまったが、おそらく錬金術師のことだ。

　そういえば、以前からアカリとシオリは錬金術師のことを「おばさん」と呼んでいたな。

「イッキ君、あのおばさんに、何か用事があったの？」

「いや、用事っていうか……あの人は錬金術師だから、道具を用意してもらったんだ。この剣は、普通の道具じゃ抑えつけるのは難しいからな」

「そうなんだ……って、そういえば、その剣、どうしたの？　どこかで拾ったとか？」

「まあ、拾ったというのも間違いではないか。この剣は、洞窟の最奥に封印されていた剣で、俺がギフトで召喚していた魔剣の本体でもある。だから、この剣が誰かの手元にある限り、俺は魔剣を召喚することができなくなった。でも、その代わりに聖剣の方は強化されたんだ」

「それって、今まではイッキ君の中で魔剣と聖剣が相殺《そうさい》してたってこと？」

「まあ、おそらくそうなんだろうが、そのあたりの話は、シオリにも聞いておいてほしい。

で、あいつは今どこにいるんだ？」

「私たちの部屋にいるはずだよ。一緒に行こうか、イツキ君！」

この魔剣の話もそうだし、聖剣の能力についてもそうなのだが、こういう話は俺一人で抱え込むよりも、仲間と共有した方がいいと思う。

かといって、赤髪は今忙しそうだし、そもそも俺はあの男と仲良く話し合えるほどには打ち解けていないしな。実力はまあ、認めてやらないこともないが。だがあいつは結局のところ「自分こそが勇者に相応《ふさわ》しい」と考えていて、俺やアカリはその一行程度にしか考えていない。そんなふうに感じるから。

中途半端に魔剣の知識を与えたら「俺だったらそれを使いこなせる！」とか言い出して、暴走しそう……いや、さすがにそれは考えすぎか。

「シオリちゃん、入るよ？　イツキ君も一緒だけど、いいよね……」

「どうぞ、入っていいですよ」

扉を開けると、そこはアカリとシオリのために用意された部屋とのことだが、女の子らしい装飾《そうしょく》は一切なく、シンプルで実用的で、閑散《かんさん》とした部屋だった。

まあ、こっちの方が変に緊張することもないから、ありがたいと言えばありがたい。

「じゃあ、イツキ君はそこら辺に座って。さっきの続きの話をしようか。イツキ君の能力が強化されたのは、その魔剣の封印が解かれたからってことだったよね？」

「ああ。まあ、いろいろあったわけだが、敵がこの魔剣を地面から引き抜いたとき、俺の聖剣の能力も同時に強化された。それは確かだ」

「イッキ、アカリ、二人とも少し待ってください。その、話の流れが見えないのですが……イッキの力が以前よりも強くなっているのには私も気づいていましたが、今まで詳しく聞く時間もありませんでしたからね。その、剣のようなそれが、何か関係するということですか？」

「そうそう。私は、イッキ君がティナちゃんと知り合いだったのも気になるかな……」

「そうだったな。えっと、そうだな。とりあえず、俺が洞窟でティナさんに会ったところから話すか……」

俺は、部屋の椅子に座って、ベッドに並んで腰掛けるアカリとシオリに今までのことをかいつまんで話すことにした。

どうやら俺を石化の呪いから戻してくれたのはティナさんであるらしいこと。

ティナさんに頼まれてステータスカードを浄化して、そのとき新しいステータスカードに乗り換えたこと。

鬼に支配された村に潜り込んだ俺は、洞窟の調査に向かう探索隊に追従《ついじゅう》して、そこで魔剣の本体を見つけたこと。

魔剣を最初に抜いたのは、俺ではなくて鬼のうちの一人だったが、その鬼は魔剣の力によって暴走して原形をとどめないほどに変質し、暴走したこと。その暴走した魔鬼を、俺が聖剣の力で討伐したこと。

そして、洞窟から帰還《きかん》しようと外に出たときに、シオリと再会したこと。

「ざっくり話すと、こんな感じだ」

「イツキ、あなたにも、いろいろあったのですね……」

「まあな。この魔剣が引き抜かれたことで、俺の中の魔剣召喚の能力は完全に失われて、そのおかげなのか、聖剣の召喚を高出力で出せるようになった。しかも、今の聖剣召喚には、時間制限がないからな！　以前の俺よりも、確実に安定性は増しているはずだぜ！」

「イツキ君、副作用は大丈夫なの？　イツキ君と同じ聖剣を創り出したティナちゃんは、一回使っただけでかなり疲弊《ひへい》してたけど……」

「それは……今のところ大丈夫。としか言えないな。ティナさんの聖剣と共鳴させると、さすがの俺でも意識を塗りつぶされそうになるので、あれはできれば控えたい。だが、普通に聖剣を召喚したときの衝動であれば、今の俺なら御《ぎょ》しきれる自信はある」

「イツキ、油断は禁物ですよ。それに、あなたのその力には、分かっていない情報がまだありそうです。例えば、魔剣が失われたときに聖剣の力が増した理由も、今の段階では推測でしかないはずです。何がきっかけで聖剣の力がさらに強まるか分からないのですから、油断はしないでくださいね」

「そうだよ、イッキ君！　いくら強くなっても、理性を失っちゃったら意味がないからね！」

……そうは言っても、俺が戦うためには、聖剣召喚《このカ》はなくてはならないものになりつつある。

聖剣を召喚できない俺は、ただの皿洗いでしかないからな。

そう思ったが、それでは二人は納得しないだろう。

だから俺は「分かってるよ。あまり聖剣に頼りすぎないように気をつけるよ」とだけ答えておくことにした。

時間になったので、村の宮殿の中にある集合場所へと向かった。

これから俺たちはこの村を出て、かつて王宮があった街へと向かう。

集まっている人たちに目を向けると、何もないのにワタワタしたり、キョロキョロと落ち着かずにあたりを見回している者がいた。

すでに、出発するメンバーのほとんどが集まっていて、見送りに集まった使用人たちも今か今かと待ち望んでいる。

ちなみに、村人たちには、俺たちが街へ魔王の討伐に行くことは伝えられていないらしい。

単純に、騒ぎが大きくなって出発が遅れるのを面倒だと考えたのかもしれないし、俺たちが負けたときに、人々が絶望しないように、なのかもしれない。

俺たちがその場に着いたのに気がついたのか、先に来て待機していた錬金術師が荷物を抱えて駆け寄ってきた。

「樹さん、言われていたものを用意しましたよ……」

「ああ、ありがとう。助かるよ」

錬金術師に手渡されたのは、桐箱《きりばこ》のような、木でできた細長い箱と、それを包んで運ぶための風呂敷《ふろしき》のような袋だった。

どちらもかなりの高級品に見える。頑丈《がんじょう》さだけでなく、見た目にもかなりこだわっているようだった。

早速この中に、封印の布でぐるぐる巻きにしてある魔剣をしまって蓋《ふた》を閉じる。すると、気のせいかもしれないが、気分が晴れたような感覚になった。どうやら、直接触れていなくても、魔剣の誘惑は俺の精神を蝕《むしば》んでいたらしい。

木箱の蓋を完全に密封《みっぷう》した後は、それを風呂敷に丁寧に包み、邪魔にならないように背負い、身体に巻きつけた。

本当は、こんなものは戦いの邪魔になりそうだから、誰かに預けてしまいたいのだが、魔剣の脅威《きょうい》を知らない人に渡すと、暴走する恐れもある。

俺たちが魔王と戦って、仮にその戦いに勝てたとしても、帰ってきたこの村が魔剣の影響で壊滅《かいめつ》していたら、全く意味がないからな。

それに、こうして背負ってさえいれば、そこまで邪魔になるというほどでもない。

戦いのときはさすがに邪魔になるだろうから、その間は誰かに預けることになるか、どこかに隠すことになるだろうが……

錬金術師は、俺に木箱と風呂敷を渡すとすぐに、ササッと立ち去っていった。

どうやら、他の勇者にもいろいろと渡すものがあるらしい。吸血鬼や、ティナさんの仲間の勇者たちにも道具を配《くば》っていった。

その後、王宮の扉が開いて、赤髪と忍者がゆったりと歩いてきた。

忍者の様子は前と変わらないが、赤髪は着替えたからか、以前とはかなり雰囲気《ふんいき》が変わっている。

いかにも勇者といった感じの装備に身を包む赤髪は、それだけで以前と比べて強くなったように見えるし、実際のところ装備の性能的な意味でも強くなっているのだろう。

それに加えて、あいつは『勇者』のギフトまで手に入れている。少し悔しいけれど、今の俺よりも強さでいったらかなり上の位置にいるんじゃないだろうか。ティナさんに協力してもらって、聖剣の共鳴現象を使えば、瞬間的になら上回《うわまわ》れるかもしれない。だが、それを除《のぞ》けば間違いなく、ここに集まった勇者の中で一番頼りになるのはあの赤髪だろう。

魔王と戦うときも、おそらくあいつを主軸《しゅじく》に作戦を練ることになる。

逆に言えば、あいつの勇者の力でも、俺とティナさんの聖剣の力でも魔王に勝てないとなった場合は……おそらく、人類側にもはや勝ち目はない。

人間界を捨てて、どこか別の場所に移住することを計画した方がいいだろうし、おそらく王様や魔術師長はそのあたりのことも計画に組み込んでいるはずだ。

そして、赤髪は、一番最後に来たにもかかわらず、当然のように全員の視線が集まる中央に立ち、ぐるりと周りを見渡してから話しはじめた。

「みんな、準備はできたか？　俺たちはこれから、街の救出に向かう。敵は、おそらく魔王。今まで戦ってきた魔物どもとは別物と考えた方がいい。だが、俺たちなら勝てる。なぜなら俺たちは勇者だからだ！　これから俺たちは、魔王の討伐に向かう。みんな、力を貸してほしい！」

勇者の演説に、拍手《はくしゅ》や喝采《かっさい》のような、うわべだけの賞賛《しょうさん》を送る人は、この場にはいなかった。

その代わり、期待と決意のこもった熱い視線が、赤髪に集中する。そのことを彼も分かっているのか、確かにプレッシャーを感じ取ったようにゴクリと息を呑《の》んだ後、軽く息を吸って気を取り直し、再びゆっくりと口を開いた。

「それじゃあ、出発する。みんな、俺たちは………いや、いくぞ！」

赤髪がなんと言おうとしたのか。そしてなぜ何も言わなかったのか。

「生きて帰ってこよう」「死ぬなよ」――そんな風に、死を連想することを言いたくなかったのかもしれない。

「勝てないかもしれない」「負けても生き延《の》びろ」――敗北を連想する言葉も、口に出したくなかったのだろう。

かといって「勝てる」とか「勝ってみせる」――そんな無責任なことは、口が裂けても言えなかったに違いない。

なにせ敵はあの魔王。あれの強さ……怖さは、赤髪もよく分かっているはずだ。

いずれにしても、その決意は確かに、この場にいる全員に伝わった。

ゆっくりと何も言わずに駆け出した赤髪に、忍者が追走し、その後に俺たちやティナさんたちが続く。

俺たち勇者は、華《はな》やかな表通りを避けて、目立たないようにひっそりと、静かに静かに、戦場へと駆け出した。

錬金術師は「私は戦いには参加できませんので」と言っていたが、彼女以外のSレア以上の勇者は全員が戦いに向かっている。

ティナさんたち、第二次勇者の陣営も、当然全員が参加し、総勢は二十人ぐらいになった。

赤髪と、第二次勇者側の「将軍」と呼ばれている男が先頭を走り、その後を他の勇者が追随《ついずい》する形になる。村人たちに気づかれないように、静かに村を抜け出した俺たちは、そのまま自分たちの足で街へ向かった。

一般人なら歩いて数日かかる距離も、勇者のステータスであれば、ジョギングぐらいの負荷《ふか》で走っても数時間でたどり着く。これから魔王との戦いになるから体力は温存したいところだが、さすがに歩いてのんびり移動するほどの余裕があるわけではない。それに、俺たちなら馬車を利用するよりも、こうして走った方が速い。

この世界の兵隊たちは、俺たちが準備をしている間に先に出発したらしいが、結局途中で彼らも追い抜いてしまった。

かなりの距離を走り、先頭を走る赤髪と将軍が立ち止まると、街の景色が見えてきた。

俺がこの街に戻ってくるのは、魔王にやられて逃げるようにして旅立ったあのとき以来なのだが、懐かしさは全く感じなかった。

それは、この街から逃げ出したという罪悪感もあるのかもしれないが、それ以上に、街の様子が以前とは一変していたのが原因だと思う。

かつて街全体を囲んでいた城壁《じょうへき》は、跡形もなくなっていて、あたりには瓦礫《がれき》が散乱《さんらん》している。

今まで外からは壁に阻《はば》まれて見えなかった街の中も、建物が崩れていたり燃え上がっていたりしているのが分かる。

「これは……ひどいよ……」

おそらく俺たちの中で、唯一魔王の脅威《きょうい》を知らないであろう吸血鬼が、この光景を見て口にした。

だが、赤髪やアカリやシオリ、それに忍者は、かつて魔王に滅ぼされた村を一度目にしているからなのか、そこまで衝撃を受けた様子は見られない。

かくいう俺も、この光景を見たときに抱いたのは「やっぱりか……」という諦《あきら》めの気持ちというか「これでもまだ、原形をとどめているだけマシか……」という感情だった。

俺自身ですら不謹慎《ふきんしん》だと思うから口には出さないが、おそらくアカリたちも同じことを考えているだろう。

そして、ティナさんたちの方は……

「報告通りですね。将軍は部下の救出に向かってください。私は、敵の首魁《しゅかい》を討ちにいきます！　アカリたちは、どうしますか？」

ティナさんたちも、事前にある程度被害の情報を聞いていたのか、ショックを受けた様子を見せない。淡々《たんたん》と感情を殺して、今できることに集中しようとしているように見える。

「私たちは……えっと……」

「アカリ、魔王との戦いには、俺と勇者の二人で行く。アカリとシオリは、生存者の救出を頼めるか？」

「そんな、私たちも戦うよ、イッキ君！」

「そうです、イッキだけが、重荷を背負う必要はありません！」

彼女たちはそう口にするが、実際には足も声も震えていて、何かにおびえているのは明らかだ。

何かに……なんて回りくどい言い方をする必要はないな。

アカリもシオリも、魔王のことが怖いのだろう。

ティナさんに声をかけられたときに即答できなかったのが証拠だ。俺だって魔王のことは怖いから、その気持ちはよく分かる。だけど、だからこそ、彼女たちは戦いに加わるべきではないと思う。

彼女たちが女性だからとか、俺が男だからとか、そういう理由ではない。

現に、魔王と戦うと公言しているティナさんは女性だけど、俺は彼女を止めようとは思わない。

二人が俺より弱いから……などと言うつもりも、ない。

アカリの強さはよく知っているつもりだし、シオリも、戦いに参加してくれれば、魔術などで的確にサポートしてくれるだろう。少なくとも、聖剣を抜いて戦う以外は皿を洗うぐらいしか能力のない俺よりは、有利に戦いを進められる。

じゃあなぜそう思うのか。それは、俺自身にもよく分からない。

ただなんとなく、俺はこの二人にはどこか安全なところで……

「そうなんだ。イツキ君は私たちのことを、肩を並べて戦える仲間だとは思っていないんだ！」

「そういうわけじゃ……いや、もしかしたら、そうなのかもな……」

「そうなんだ、そうなんだ！　知らない！　シオリちゃん、行こっ！　街の人の救出も大事な役割だよ！」

「アカリ、きっとイツキはそんなことを言いたいわけじゃ……」

「そんなこと、知ってるよ！」

アカリは、いまだ呆然としている吸血鬼をつれて街へと歩き出し、シオリはそれを慌《あわ》てて追いかけた。

気を遣わせてしまった……のだろう。この戦いが終わって俺が生きていたら、二人に謝らないとな。なんて、そんなことを言うと、死ぬ前提で話しているようにも聞こえるかもしれないが、あいにく俺は死ぬ気はない。

ただ、これから向かう場所が、いつ即死してもおかしくない危険地帯であることに変わりはない。

「そういうわけだ。赤髪、あの魔王とは、俺とお前と、あとティナさんの、三人だけで戦おうと思う。問題ないな？」

「あの悪夢とは、真の勇者になったこの俺が立ち向かう。お前とティナさんは、俺に手を貸してくれ」

「ああ。力を合わせて立ち向かおう。……ティナさんも、それでいいですか？」

「もちろんです。アケノ、それに赤い髪の人……ともに戦いましょう！」

「そうだな……忍者を待っていても仕方がない。イツキ、ティナさん……行こうか」

本当は、先に潜り込んでいる忍者の情報を聞いてから動こうと思っていたのだが、どうやらその必要はなさそうだ。

魔王の存在が強大すぎて、ここからでも、どこにいるのかを感じ取ることができてしまうのだ。

まだ距離が離れているからか、王宮の中のどこにいるのかまでは分からないが、近づけばおそらくすぐに分かるだろう。

攻める側の俺たちからすれば、簡単に奇襲を仕掛けることができるこの状況はありがたいのだが、おそらくこれは、油断ではなく敵の余裕。

気配を隠そうとすらしないのは、不意打ちを仕掛けられたとしても返り討ちにできるという自信の表れでもあるのだろう。

他の勇者たちと別れた俺たちは、魔王がいると思われる王宮へと足を向けた。

街の中の様子は、外から見たほどには被害が大きくなかった。

ところどころに抗争《こうそう》の跡というか、攻撃の余波で崩れている建物も見られるが、それ以外は思ったよりも原形を保っている。

街の中もボロボロになっているのを想像していた俺たちは、一瞬拍子《ひょうし》抜けしたが、すぐに気を取り直し、王宮に一直線に進んだ。

「アケノ！　来ますよ！」

「ああ、分かってる。赤髪も、気づいているな？」

「もちろんだ！　敵の数は三体。一人一殺で行くぞ！」

街の大通りを進んでいると、目の前に一匹、脇道に潜んでいるのが一匹、そして、屋根の上から飛びかかってこようとするのが一匹の、合計三匹の魔物がいた。

どうやらやつらは、あれで待ち伏せをしているつもりらしい。

「俺は正面をやる。ティナさんは右のやつを、イツキは上のやつを頼む！」

「了解！」

走りながら聖剣を召喚した俺は、聖化の羽でふわりと浮き上がり、屋根から飛び降りようとしていた鬼の後ろに回り込んで斬りつける。

近づいて観察すると、その鬼は普通の鬼よりサイズが大きかった。俺はこれまで、こいつよりも大きな鬼にも何度も遭遇《そうぐう》しているが、こいつは今まで見てきた鬼と比べて、筋肉質で、安直に表現すると「強そう」に見える。

魔界から大群で押し寄せている魔物の軍勢が数だとしたら、こいつらは質を重視していると言ったところか。

だがそれでも、聖剣を召喚した俺の敵ではないし、それはティナさんと赤髪にとっても同じことだろう。

奇襲を仕掛けようとして逆に不意を突かれた鬼は、ふわりと屋根の上に降り立った俺に即座に対応して、腰の剣を抜いた。だがそれよりも、俺の聖剣がなでるようにやつを引き裂く方が早かった。

抵抗らしい抵抗もできなかったその鬼は、断末魔《だんまつま》の声を上げる余裕すらなく、一瞬のうちに灰になって消えていく。

そして敵を倒したのを確認した俺は、振り返ることもせずに屋根の上から降りて、ティナさんと赤髪の二人に合流した。二人とも、すでにそれぞれ敵を倒した後のようで、涼しい顔をして再び街の中を走り抜ける。

その後は、たいした障害もなくあっという間に王宮の前まで着いてしまった。

「イツキ、ティナさん。どうする？　正面から行くか？」

「そうだな。いや、俺もついさっきまではそう考えていたんだが……」

「近づいただけでこの気配……正面から攻めるのは危険かもしれませんね」

ティナさんが言うとおり、王宮の中からは「近づくだけでやばい」と感じる圧力が、熱波のように肌に突き刺さる。

気配なんていう非論理的な説明では足りないのなら、おそらくこれは敵の魔王が発する魔力を感じた俺たちが、本能的に恐怖しているのだと思う。

以前は恐怖で身体が動かなくなっていたのが、今はなんとか立ち向かおうと思えるのは……俺たちが多少強くなったからなのだと信じたい。

「そうだな。ティナさんの言うとおりだ。この感じだと、敵はおそらく宮殿の中央にいる。卑怯《ひきょう》かもしれないが、屋内《おくない》なら暗殺できる可能性もある」

「俺も、赤髪に賛成だ。あまり勇者らしくないと言われそうな気もするが、背に腹は代えられない」

「分かりました。王宮の隠し通路の情報は全て記憶しています。ついてきてください、こちらです！」

ティナさんはそう言うと、王宮から脇道にそれて、すぐそばに建っている小さな民家に入り込んだ。

建物の中には誰もおらず、床や家具の上には薄く埃《ほこり》がかぶっている。しかし、廊下を通って入った部屋の中央にあるテーブルをどかすと、地下へと通じる隠し通路が現れた。

「この通路は、宮殿の隠し部屋に通じています。これを通って進めば、敵に気づかれずに近づくことができますよ！」

ティナさんが地下通路へ飛び込むのを見て、赤髪は「こんなところにまで……」と言っているから、もしかしたら以前似たような通路を通ったことがあるのかもしれない。

赤髪がティナさんに続いて地下へと飛び込んだのを確認して、俺もその後を追う。

地下には光源が一つもなかったが、赤髪のソラワリが淡く輝いているので、真っ暗闇というわけでもなかった。

そして、高レベルの勇者である俺たちは、そんなかすかな明るさでも十分に進むことができる。

物音を立てないようにゆっくりと五分ほど進み、扉を開けてはしごを登ると、小さな部屋の中に出た。

「ここは、宮殿の大広間を見下《みお》ろせる隠し部屋です。……いました、あれが魔王ですね」

ティナさんに言われて、小さな窓から見下ろしてみれば、俺たちが召喚された広い部屋の中央に、腕組みをして立っている一人の魔物の姿があった。

目の前で片膝をついている鬼から、何やら報告を受けている。

身長は……周りに比較するものがないからはっきりとは分からないが、鬼に比べると一回り大きい……だろうか。

今までいろいろな鬼の姿を見てきて、中には五メートル以上はある巨大な者もいたが、それらと比べたら体格自体は大きくもなく、小さくもないといった感じ。

だが、やはりというか、身体から漏れているプレッシャーは、他の魔物や鬼などとは比べものにならない。

体格はがっしりとした筋肉質で、頭部には二本の鋭く長い角が生えている。

見た目の年齢は、人間であれば四十～五十歳ほど。

髪の色は白く、同じく白いひげを生やしている。皮膚は、色素《しきそ》の抜けた薄紫色の肌をしているが、他の魔物に比べて全体的に色が薄いのは、それだけ長く生きてきたのだろう。

報告に来ている鬼に笑いかけているが、話している側はそんなことを気にする余裕もなく、震えながら顔を青白くして、目を合わせようとすらしない。

やがて報告を終えた鬼が一目散に部屋から出ていくのを確認したところで、赤髪が沈黙を破った。

「部屋の中央か……奇襲を仕掛けにくいな……」

「あ、ああ。そうだな。だが、贅沢《ぜいたく》を言っても仕方ないだろ」

「そうだな。だったら小細工はなしだ。俺は正面から行く。イツキはここで――」

「俺も行くぞ。お前一人では無理だ。それはお前にも分かっているはずだろ？」

待機していてくれ。そう言われる気がしたから、それより先に、かぶせるようにして言わせてもらった。

「アケノ、私も行きます。赤髪さん、全員で行きましょう」

俺自身が行くと言ってしまった手前、ティナさんを止めるわけにはいかない。

赤髪はそれでも「俺だけが戦う」と言いたそうな顔をしていたが……どうやらそんなことを気にしている余裕はなさそうだ。

「二人とも、気をつけろ！」

俺が二人に注意を促す直前に、部屋の中央にいる魔王の視線と殺気が、俺たちのいるこの場所に向いた気がしたのだ。

そして数秒後、それは気のせいではなかったと知らされる。

魔王は、俺たちの隠れている部屋に向かって右手を伸ばし、魔力の塊《かたまり》を放出した。

赤髪がソラワリを抜き、俺が聖剣を召喚し、ティナさんが防壁《ぼうへき》を創造《クリエイト》することで、俺たちは無傷で済んだのだが、隠し部屋の壁は崩壊《ほうかい》した。

俺たちと魔王を隔《へだ》てるものは、もはや存在しない。

「フハハハハ！　やっと来たか、勇者ども！　待ちわびたぞ。今度は、楽しませてくれよ！」

敵が、遮《さえぎ》るものがほとんどない開けた場所の中央にいる以上、隠れながら近づいて……ということは不可能と考えていい。

そしてあの敵は強大で、真正面《ましょうめん》からぶつかって勝てるような相手とも思えない。

それでも俺たちは、ここで逃げ帰るわけにはいかないのだ。

いや、逃げたとしてもいずれ戦うことになる。逃げられない運命とでも言った方が正確だろうか……

「行くぞ。準備はいいな、お前ら」

赤髪が先頭になって、大広間へと飛び降りた。俺とティナさんはその後に続き、三人とも静かに着地した。

数メートルはあるが、こんな高さは勇者のステータスからすれば階段を一段下りるのと何も変わらない。

魔王は、俺たちが闘気を張《みなぎ》らせているのに気がついたのか、ニヤリと不敵な笑みを浮かべた。それと同時に、俺の脳裏《のうり》に村を滅ぼされたときの記憶がよみがえる。

逃げろ。隠れろ。降伏《こうふく》しろ。

そんな気持ちが湧《わ》き出すが、それでは何も解決しない。時に逃げることも重要だが、それは今ではない。今逃げても、何も解決しない。

恐怖で震える足を奮い立たせて、一歩ずつ前に進んで、じりじりと距離を詰める。

「魔王！　俺は赤髪の勇者！　お前を討伐しに来た、覚悟するがいい！」

「ククク……やっと来たか、人間の勇者ども！　待ちわびたぞ、さあ戦おう！」

魔王が笑い声を上げ、無造作に腕を振り回すと、その軌道上に強烈な突風が巻き起こる。

かまいたちのように鋭いその風は、絨毯《じゅうたん》に傷を残しながら迫りくる。

先頭にいた赤髪が、風の軌道に合わせてソラワリをなぎ払うと、ギギギ……と鈍《にぶ》い音を立てて風が霧散《むさん》した。それを見て、魔王は一層深い笑みを浮かべる。

「いいな！　そうでなくては！　今までの凡俗《ぼんぞく》どもとは違う、さすがは勇者だ！　それでこそ、我が出張った甲斐《かい》もあるというものよ！」

「ふざけ……やがって！」

余裕の表情で高笑《たかわら》いする魔王とは対照的に、攻撃を受け流した赤髪の方に余裕は全くない。

息を荒《あら》らげて肩を上下させながら、剣を杖代わりにして身体を支えている。

さっきのと同じ攻撃を連続で出されたら、数秒と持たずに俺たちは全滅してしまうだろう。ならば……

俺は、ティナさんと目配せをしてうなずき合い、息を整えている赤髪の左右を抜けて前に出る。

「赤髪、先に行かせてもらう！　ティナさん！」

「アケノ、分かっています！　左右から挟撃《きょうげき》を！」

「行くぞ！」

ティナさんは部屋を左回りに、俺は右回りに駆けて、魔王へ迫る。

走りながら俺は聖剣を召喚し聖化の姿になり、ティナさんは聖剣ではないが強力そうな兵器を創造《クリエイト》して武装する。

互いに声を掛け合うこともなく、それぞれがそれぞれのタイミングで攻撃を仕掛ける。

先にたどり着いたのは俺の方だった。

聖剣を振り下ろすと、魔王はそれを素手で受け止めようというのか、片手を開いて構える。このままの軌道だと手のひらに収まることになるが……構わない！　聖剣の威力を信じて、そのまま腕ごと斬り裂いてやろうと、全力で振り下ろす。

――ガッ！

岩に金属を打ち当てたような鈍《にぶ》い音が響き、手のひらと剣先の間に火花が散った。

俺の手のひらに痺《しび》れるような感触が聖剣を通して伝わってくる。魔王は開いていた手を握りしめて聖剣の刃の部分を掴んだ。押しても引いても動かない。

そのとき、ティナさんによる砲撃が始まった。

漫画やアニメに出てきそうなほどの巨大な兵器には何本もの銃身《じゅうしん》があり、そこから無数の弾丸が飛び出してきた。

「ティナさん！　俺ごとやっても構わない！　全力でやれ！」

「もとよりそのつもりです！　怪我《けが》をしても恨《うら》まないでくださいね！」

ティナさんの放った雨のような銃弾は、ほとんどが威力のこもっていない普通の攻撃だった。しかし、時折高い威力のものが混じっているのか、魔王にダメージを与えるまではいかなくとも、無視されない程度の攻撃にはなっていた。

そして、その攻撃で数秒を稼いでいる間に、赤髪の方も態勢を立て直した。

左右に分かれた俺たちに魔王の意識が向いている瞬間を狙い、ソラワリを突き出す。

「うおおおお！」

赤髪がソラワリを斬り下ろすタイミングを合わせて、俺は一瞬だけ聖剣の召喚を解除して、右手に再召喚した。

魔王は、突然感触が消滅した片手と、真正面から突撃してくる赤髪と、ティナさんによる正確な狙撃《そげき》の嵐、そして、腰を低くして剣を構える俺――それらを同時に意識を向ける必要が出てきた。おかげでさすがに動揺したのか、一瞬だけ余裕を失い身体が硬直《こうちょく》した。

「「うおおおお！」」

俺と赤髪の叫《さけ》び声が共鳴するかのように部屋を揺らし、俺が斬り上げる聖剣と、赤髪が斬り下ろすソラワリで挟むようにして魔王に迫る。

――ガリッ。

聖剣を握る両手に、確かな手応《てごた》えがあった。

攻撃をまともに受けた魔王は「ウグッ」と苦悶《くもん》の声を漏らす。だが、聖剣はほんの数センチしか斬りつけられておらず、どれだけ力を込めても先に進まない……！

「小賢《こざか》しい！　邪魔だ、どけ！」

魔王が声を上げて腕を振り上げると、その反動で、赤髪が広間の壁まで吹き飛ばされた。

そして、脇腹《わきばら》に食い込んでいる聖剣を片手で掴み、その剣を握る俺ごと放り投げる。

赤髪のソラワリを受け止めたのであろう片腕と、俺の聖剣の攻撃がまともに入った脇腹に、確かに傷をつけることができた。だが、魔王がたいしたダメージを受けた風には見えない。

攻撃を受けた場所を「おお、久しぶりに痛みを感じたぞ」とでも言わんばかりに楽しそうな顔で見つめながら、なで回している。

「赤髪……」

「分かってる！　だが、これと同じことを繰り返すしか、やつに勝つ手段はない！」

さっきの攻撃ですら、偶然《ぐうぜん》が重なってたまたま上手くいっただけに過ぎないというのに、これからその奇跡《きせき》を何度も繰り返す必要がある。

普通に考えたら、現実的ではない。だが――

「アケノ、次の攻撃はこれも使ってください。そのために、まずはアケノのそれを消して……」

俺たちが叩《たた》きつけられた壁際《かべぎわ》まで駆け寄ってきたティナさんは、そう言って創造した聖剣を手渡してきた。

俺の聖剣とティナさんの聖剣を同時に握ると、確かに爆発的な威力を出すことができる。

魔王を倒すには、そのレベルの攻撃力が必要なのは間違いない。

だが、この聖剣の合わせ技は、同時に俺の精神力にかなりのダメージを与えるから、長時間使い続けられそうにない。

つまり、彼女の作戦としては「通常攻撃にはこの聖剣を使い、ここぞというタイミングで俺の聖剣を召喚することで、聖剣を共鳴させて瞬間的に攻撃力を倍増させる」ということなのだろう。

それを理解した俺は一度自分の聖剣の召喚を解除して、ティナさんから受け取った聖剣を握りしめる。

こちらの剣を握っても、聖化の現象が発生し、髪が金色に染まり、白い翼が再び生えた。

「赤髪、まだ行けるよな?」

「当たり前だ。イツキこそ、気を抜くなよ」

魔王に目を向けると……さっき俺がつけた傷は、すでに塞《ふさ》がっていた。

赤髪がつけた腕の傷も同様だ。結局俺たちは、あの攻撃では魔王の血を一滴も流させることができなかった。

「さあ、勇者ども！　続きはどうした！　まさか今ので終わりではあるまい！」

「イッキ、今度は正面から行くぞ！」

「ああ。ティナさんはさっきと同じように後方支援《しえん》を頼む！」

「任されました！」

魔王と勇者の戦いの、第二ラウンドが始まった。

赤髪と俺が左右に散り、挟むようにして攻め立てる。

基本的に攻撃はヒットアンドアウェイを繰り返し、ダメージを与えることよりも、相手の体勢を崩してこちらのチャンスを生み出すことを重視した。

一度でもミスをしたら致命傷を負《お》うことが分かっている状態で、確実に聖剣の一撃を込める隙《すき》を窺《うかが》いながら攻撃を繰り返す。

それと同時に、赤髪の方もソラワリを使って何かを仕掛けようとしている様子だ。

俺と赤髪は、敵対しているわけではないが、かといって互いに連携を取り合うほど仲がいいわけでもない。互いにタイミングが合わないから、同時に攻撃をしているように見えても、確実にコンマ数秒のずれが発生している。また、二人ともが同時に隙《すき》をさらしてしまい、ティナさんの援護《えんご》射撃がなければ全滅していてもおかしくない場面が何度もあった。

ただ、その微妙なズレこそが、圧倒的な実力差がある敵を前にしても、いまだに戦い続けていられる理由なのだと思う。

「喰《く》らえ！」

俺が、多少無理をして攻撃を仕掛けると、必然的に魔物はこちらに注意を向け、赤髪から見たら微妙な隙《すき》が生まれる。赤髪がそのチャンスを逃すはずがない。態勢を崩した俺ごと押しつぶさんばかりの勢いで詰め寄って、ソラワリを叩《たた》きつける。そしてそれが来ると分かっていた俺は、攻めるのを中断してバックステップで回避。体勢を立て直し、赤髪の攻撃を見て、次の攻めの手順を考える。

そんな、身を削《けず》るような戦いが、十分近くは続いただろうか。

俺も赤髪も、そして俺たち二人の援護をしてくれていたティナさんも息が切れてきていた。

「アケノ……そろそろ、限界が近づいています。私の創造《クリエイト》の素材が尽きかけています」

「そうだな。俺の方も、体力が限界に近づいてきた……だが、中途半端な状態であれを使っても、回避されて終わりだと思う」

「イツキ、ティナさんもか。俺の方も、とっくに限界は超えている自覚がある。だが、ここで諦《あきら》めるわけにはいかない……だろ？」

こうして何度も攻撃しているが、敵は致命的《ちめいてき》な隙《すき》を一度も見せず、逆に俺たちの方は全身に細かな傷を負っている。

俺は、敵が放った魔力の塊《かたまり》のようなものが直撃してしまい、身体中に鈍《にぶ》い痛みがあるし、赤髪の方も何らかのダメージを負ったのか、左手で右肩を押さえていた。

「おそらく、あと何度かのうちに決めないとまずい……赤髪、お前にも何か隠してる技があるんだろ？　俺がとっておきを使って敵の隙《すき》を生み出すから、お前が決めてくれないか？」

「とっておき……やはり、イツキにもあったのか。分かった。一瞬でもいい。イツキはやつの動きを止めてくれ。そうしたら俺が、必ずやつを仕留《しと》めてみせる！」

赤髪はそう言い残すと、俺とティナさんから距離をとり、再び部屋を駆け回って敵を翻《ほん》弄《ろう》しようとする。

「どうした、魔王！　さっきからずっと……いや最初からずっとか。守ってばかりじゃ勝てないぞ？」

さらに彼は、魔王を挑発する。

「何度も何度も同じことを！　いい加減にそれでは勝てぬと学べ！　芸のないやつらめ！」

「本当にそう思うのかな？　だとしたらお前は、飛んだ間抜けだな！　俺たちが手を抜いているとは想わなかったのか？」

「何を馬鹿げたことを！　いかに貴様らが召喚されし勇者だとしても、我ら上位魔族に勝つことなどできぬのだ！　見よ、この身体を！　傷一ついていないではないか！」

（今だ！）

（ああ！）

敵が挑発に乗って、身体を大きく開いた瞬間、走り回っていた赤髪と目が合った。

互いに何も口にせず、それでも何かが通じ合ったように頷《うなず》き合う。

「確かに今まではそうだった！　だが、そう言っていられるのは今だけだぜ！」

赤髪がさらに敵の注意を引いてくれる。俺はティナさんの聖剣を左手に持ち、右手に俺自身のスキルで聖剣を召喚する。

右手を広げ、手のひらに光が集まってくる。いつもと同じ、聖剣を召喚するときのイメージだが、すでに左手に聖剣がある状態で、さらに聖剣を召喚するのは、これが初めてだ。

それと同時に、いつもの衝動が脳内で暴れ出す。

「正義……正義正義正義！　正義のために！　正義のためにやつを殺す！」

「アケノ、意識を手放さないで！　その衝動に呑《の》まれてはいけません！」

「ティナさん……大丈夫だ。今から――正義正義正義――をやる！　ティナさんは俺の後ろに！」

朦朧《もうろう》としていく意識の中で、ティナさんが俺の後ろに下がったのを確認し、両手の聖剣を一つに合わせて、魔王に向けて無造作に振り下ろす。斬撃の流れに乗って光の奔流《ほんりゅう》があふれ出し、敵に押し寄せていく！

「んなっ⁉」

「なんだと⁉」

魔物の大群すら一撃で消滅させるレベルの爆撃を前に、敵だけでなく、事前に攻撃を仕掛けると伝えておいた赤髪まで驚愕《きょうがく》の声を上げる。

赤髪は天井に飛び上がることで攻撃を回避し、ただ一人油断していた敵だけがその場に取り残された。

「うぐあぁあがががあああ！」

ほんの数秒間で光の奔流《ほんりゅう》は収まった。敵は全身から焦《こ》げ臭《くさ》いにおいの煙をあげながら、片膝をついていた。どうやら倒すことはできなかったようだ。苦しげな表情を浮かべつつも、ニヤリと口端《こうたん》を釣《つ》り上げて、俺をにらみつけてくる。

その様子はまるで「どうだ、耐えきってみせたぞ！」と言いたげな表情で、現に俺は聖剣を共鳴させた反動で身体がボロボロであることも事実ではある。

だが、おそらく敵にとっては、この油断こそが最大の致命傷だった。

天井に張りついて俺の聖剣の攻撃を回避していた赤髪が、敵の死角から天井を蹴《け》って地面に向かって加速している。

「強化！　対象を『勇者』に設定！」

ソラワリの青白い光とともに流星のように落ちてきた赤髪の勇者によって、敵の首が胴体から離れて――俺とティナさんの目の前に転がった。

首と分かれた身体の方は、さらさらと灰になっていくのだが、さすがは魔物の王を名乗るだけあって、首だけになってもすぐには死なないらしい。

「……クソッ！　クソックソッ！　この俺が……勇者ごときに負けるとは！」

「残念だったな！　正義は必ず勝つ……なんてことを言うつもりはないが、今回は俺たちの勝ちだったみたいだな！」

「アケノ、とどめを刺しましょう！　生かしておいてもいいことはありません！」

「そうだな。聖剣召喚……」

ティナさんの聖剣は、攻撃を終えると同時に砕け散ってしまったので、俺の聖剣を絞《しぼ》り出すように再召喚する。

さっきの一撃の半分以下の攻撃力しか出せないだろうが、死にかけの魔王を倒すのにはそれで十分だ。

「最後に、言い残すことはあるか？」

「勇者ごときに告げてやる言葉など、ないわ！　魔王様、万歳《ばんざい》！」

最後の言葉が口に出されると同時に、俺が聖剣を振り下ろすまでもなく、残った頭部も灰になって消えていった。

魔王は最後に「魔王様万歳」と言い残して、灰になって消えていった。

俺たちは今まで、戦っていたこの敵こそが魔王だと思っていたのだが、どうやらそれは違うらしい。しかし、当人は魔王と呼ばれても否定していなかった。単に持ち上げられて気分がよかっただけかもしれないが、別の事情がある気がしてならない。魔族たちにも複雑な何かが……。なんにせよ、少なくとも今の魔物よりも立場が上の魔物がまだ存在することは間違いない。

そいつを倒さない限り人類と魔族との戦いは終わらないだろうし、倒したところで戦いが終わるという保証もない。

それでも、俺たちが目の前の強敵を倒したことに変わりはない。今は素直に喜ぶことにしよう。

「アケノ……やりましたね！」

「そうだな。何もかもボロボロになったが、勝利は勝利だ」

俺は聖剣を全力で使った反動で、身体に力が入らない状態だった。赤髪もギフトである『勇者』そのものを『強化』するという荒技《あらわざ》はかなり強引な方法だったようで、その場で膝をついていて、まさに満身創痍《まんしんそうい》といった感じだ。

ティナさんも、長い時間聖剣を創造していた反動か、俺や赤髪ほどではないが、疲れが溜《た》まり顔色が悪かった。

俺とティナさんは部屋の中央で座り込んでしまった赤髪に歩み寄る。そして、俺は手を差し出す。

「赤髪、立てるか？　とりあえずこの部屋を出るぞ」

「あ、ああ……そうだな」

赤髪は、俯《うつむ》いていた顔を上げ、俺の差し出した腕を掴んで立ち上がった。

「イツキ、俺たち……やったんだよな？」

「そうだ。どうやらあれは、本当の魔王ではなかったみたいだが、あれを倒したら王宮に満ちていた嫌な気配が消えた。あとは残った魔物を片づければ、この騒動は落ち着くだろう。大丈夫か？　かなり疲れているように見えるが」

「ああ。勇者のギフトを強化して、限界まで身体を酷使《こくし》したからな。だが、大丈夫だ。それにしても……」

敵がいなくなった室内を見渡すと、戦いの前の様子が想像できないほど崩れていた。

壁にはいくつか大きな穴が開いていて、隣の部屋や、建物の外が見える。

赤髪が天井から落ちて攻撃した地点を中心に、クレーターのように半径数メートルが削《けず》り取られている。

手加減をして倒せる相手ではなかったとはいえ、これはやりすぎと言われても仕方がない……いや、俺たちが倒されていたら、人間界は魔物に占領されていただろうから、間違ったことはしていないと思うのだが。

俺の手を掴んで立ち上がった赤髪は、前かがみでふらふらしていて、いかにもつらそうだった。このままでは倒れると思った俺は、肩を組んで支えてやることにした。

「おい、大丈夫か？」

「……ああ。すまない、イッキ」

「構わないさ。それよりも、とりあえずここを出よう。休むのは、安全を確保できる場所に着いてからだ」

「……アケノ、私の部下から連絡が入りました。無事にアカリたちに保護されたようです！　合流地点まで案内しますので、ついてきてください！」

「そういうわけだ。赤髪、とりあえずみんなと合流するまでは、倒れるなよ？」

「当たり前だ！　お前こそ、気を抜いて躓《つまず》いたりするなよ？　油断したときが一番危ないからな！」

俺が躓《つまず》いたりしたら、被害を受けるのは俺ではなく、俺に掴まっている赤髪だと思うのだが……

そんな軽口《かるくち》を叩《たた》けるぐらいには余裕があるということにしておこう。

「それにしても、赤髪。勇者のギフトを強化するってのは、そんなにやばいことだったのか？　破壊力というか、瞬間的な攻撃力が高いのは、あの魔王もどきを倒せたことから分かるが……」

「そうだな。俺にとっても予想外だったんだが……勇者のギフトの力は、簡単に言えば『全能力値の向上』って感じの能力だった。とは言っても、その倍率は、素の状態だと気づくか気づかないかってぐらいの微々《びび》たるものだった。しかし、勇者のギフトを強化した瞬間、俺の全身の筋肉は限界を超えて稼働《かどう》したし、それ以上にやばかったのが、知覚能力の向上というか……」

「知覚能力？　視力や聴力《ちょうりょく》が鋭くなったってことか？」

魔物の残党との戦闘は、申し訳ないけどティナさんに任せることにして、俺と赤髪は彼女の後をゆっくり追いかけていた。

俺は聖剣の反動で、まだ頭の中に「正義」という言葉が浮かんでは消えていて、まともに戦えるコンディションではないし、赤髪は見ての通り、俺以上に満身創痍《まんしんそうい》だからな。

「視力、聴力……それ以外に、触覚《しょっかく》や嗅覚《きゅうかく》、味覚なんかもそうだし、それ以外の……なんつーか、第六感みたいなものまでな。あの瞬間、俺の中にあの部屋で起きていたあらゆる情報が流れ込んできて、そんな状態で激しい動きをしたから……まあ、分かりやすくいえば、乗り物酔《よ》いを千倍ヤバくした感覚ってところか」

「よくそれで生きてたな……」

「なにせ俺は、勇者だからな」

いや、それは理由になっていない……と、反射的に返事をしそうになった。だが、実際のところは、そんなものなのかもしれない。

瞬間的な苦しみに耐えることができたのは、赤髪が痛みに強かったからなのかもしれないし、もしかしたら勇者のギフト自体が、何らかの防護壁《ぼうごへき》の役割をしていたのかもしれない。

だけど、赤髪が痛みに耐えて敵にとどめを刺せたのは、彼自身が「勇者だから」という理由で、最後まで諦《あきら》めなかったからこそだろう。

たとえ、どれだけ耐えられる根拠を示されたところで、戦おうという意思が、勇気がなければ、あの魔物に殺されていたのは、俺たちの方だったかもしれないのだから。

そういう意味では、やはり赤髪は、勇気を持った者――つまり、勇者なのだろう。

「そうだな。赤髪……確か本名はユータだったか？　お前は真の勇者だからな」

「気持ち悪いな、イツキ。何を企《たくら》んでいるんだ？」

素直に褒《ほ》めてやったのに、企んでいるとは失礼な……

「いや、ユータが勇者の仕事をやってくれれば、その分だけ俺が楽になると思ってな……」

「安心しろよ。イツキは勇者パーティーの一員だろ？　馬車馬のごとく働いてもらうからな！」

「ほどほどに……な。期待するなよ」

なんだかんだいって俺にだって、勇者としての自覚がないわけじゃ、ないからな。

勇者のギフトがなくても、勇者としてこの世界のために戦おうという気持ちは、赤髪ほどではないが、持っているつもりだ。

「イツキ、俺はもう大丈夫だ。自分で歩けるぐらいには回復……なんだ？　何か言ったか？」

「いや？　……何のことだ？」

赤髪は、俺から離れて何もない虚空《こくう》に視線を向けている。

「声が、聞こえる……イツキ、お前には何も聞こえていないのか？」

赤髪は突然、「声が聞こえる」と言って苦しみ出したが、俺には何も聞こえない。

ティナさんを見ても、彼女も特に聞こえていないようだ。

ついさっき敵を倒したばかりだから、魔術による攻撃とは考えにくいし、だとしたら赤髪だけが狙われる理由も説明が難しい。

確かに今は、赤髪こそが『勇者』のギフトを持つ真の勇者であることは間違いない。だが、自分で言うのもなんだが、さっきの戦いで俺は赤髪と同じぐらいの活躍をしたという自負《じふ》もある。

「落ち着け、ユータ。その声は、なんて言っているんだ？」

「……内容はシンプルだ。何度も何度も同じ内容を繰り返し、繰り返し……」

赤髪は、初めは空耳かと思っていたようだが、いつまでも鳴り止まないらしく、耳を塞《ふさ》いで頭を抱える。

苦しそうな様子を見て、敵の呪いの影響ではないかと心配になった俺は、赤髪全体を包む形で『洗浄』のギフトを発動させる。だが、効果が現れたようには見えない。俺のギフトの力は、呪いを解く力や攻撃を防ぐ力ではないから、仕方ないのかもしれないが……

しばらくすると、先に進んでいたティナさんも、いつまでも追いついてこない俺たちを心配したのか走って戻ってきた。

「アケノ、どうしました？　そちらの彼は……何か問題がありましたか？」

「ああ。何か声が聞こえるらしい。精神攻撃なのかもしれないんだが、俺にはどうしようも……」

「調べてみますね！」

ティナさんはそう言うと、赤髪ににらむような視線を向けた。「調べる」と言っていたから、賢者のギフトで解析《かいせき》しているのだろう。

数秒間待つと、結果が出たのか、ティナさんは言った。

「アケノ。それに赤髪の人《ユータさん》。聞いてください。今彼に聞こえている声は、呪いや攻撃ではありません。むしろあなた自身の勇者の力です。制御できずに暴走しているようですが……」

「そういえば『託宣《たくせん》』とかってスキルがあったな。これが、そうだったのか」

ティナさんの言葉を聞いて、赤髪は痛みで片目を閉じつつも、何かを思い出しているようだ。

赤髪の様子を見る感じ、その託宣というスキルは――声という形ではあるが――聖剣や魔剣の副作用と同じく精神に直接影響を与える種類のものらしい。

赤髪と同じギフトを持っていた真の勇者が、こんな風に苦しんでいる様子を見た記憶はない。これは、ついさっき赤髪が『勇者』のギフトを『強化』したことで、影響力が強くなった副作用なのだろうか。

頭の中で他人の声が聞こえるというのは、俺も似たようなことを経験しているから分かるが、相当な苦痛のはずだ。俺の場合は、聖剣や魔剣の影響は成長とともに徐々に強くなったから耐えることができたが、赤髪の場合はそれが急に来たのかもしれない。

もしかしたら、真の勇者も同じことを経験していた可能性もあるが、そこに関してはなんとも言えない。

なにせあの人なら、最初から最強レベルの精神汚染《おせん》にも余裕で耐えてしまいそうだからな……。

「それで、ユータ。その声は一体、なんて言っているんだ？」

「『危機が迫っている。王宮の最下層に来い』。さっきから、壊れたラジオみたいに同じことを繰り返し繰り返し……」

「『最下層？』」

赤髪が言った「最下層」というキーワードに、俺とティナさんが同時に反応した。

「ユータさん、その声は確かに『最下層に来い』と言っているのですね？」

「ああ、ふざけた口調だが……それと同時に、そこへの行き方も頭の中に流れ込んでくる……気持ち悪い……」

「そこへの行き方まで？　それは、賢者のギフトでも知り得なかった情報です。ユータさん、そこへ私とイッキを案内してください！」

「ああ、分かった。まずはまっすぐ進んでくれ……」

俺に対しては確認の一言もなく、いつの間にか俺も一緒に行くことになっていたが、聞かれたとしても断る理由がなかった。おそらく二人もそれを分かっていたのだろう。俺は赤髪に肩を貸しながら、彼が指で示す方向にゆっくりと足を進めた。

しばらく道なりに進むと、赤髪は不意に壁に向かって「そこを押し込んでみてくれ」と言った。指示に従ったティナさんがグッと何もない壁面《へきめん》を押し込んだら、壁が割れ、その先には地下へと伸びる階段が続いていた。

「……自分で言っておいて何だが、まさか本当にこんな道があるとはな」

この場にいる誰よりも驚いていたのが、指示を出したはずの赤髪だったのはシュールだった。ただ、逆にそれで、赤髪の言っていたことには信憑性《しんぴょうせい》があると思った。

階段の先に進むと、そこは迷宮のように入り組んだ薄暗い地下通路になっていたが、赤髪は迷うことなく道を選んでいく。

照明器具は一つも見当たらないのに、壁全体が発光しているのか、薄暗い感じはしない。

地面には埃《ほこり》が積もっていて、その上を歩くと足跡が残る。俺たち以外の足跡が見つからないことからも、長い間人が通らなかったことが窺《うかが》える。

「イツキ、ティナさん。急ぐぞ……何かが、別の道から最深部《さいしんぶ》に近づいている。この道が最短だが、それでも追いつけるかどうか……」

「何かって、何が？　そもそも、最深部には何があるんだ？」

「それは俺にも分からない！　だが、そこにある何かを守ることが、人間界を守ることに直結する！」

「何でそんなことを言い切れる！　何があるかも分からないのに！」

「それは……俺だって分からない。だけど、信じてほしい。勇者のギフトは確かにそう言っている」

別に俺は赤髪のことを疑っているわけではない。

勇者のギフトである託宣に対して盲目的《もうもくてき》になってしまっている赤髪に「疑うことも選択肢に入れろ」と伝えたかっただけだ。

でないと今後、何か致命的なことにつながってしまう。そんな気がしただけだ。

ただ、一刻を争う事態らしいから、今、話すべきではなかったのかもしれないが……

「まあ、いい。とりあえずは信じておくことにする。だが、今後その託宣とは、うまく向き合っていくことを勧めるぜ」

「ありがとう、イツキ。今はそれで十分だ」

俺とティナさんと赤髪は、道を進んで階段を下り、さらに進んでまた階段を下りる。

そんなことを繰り返していると、やがて見上げるほど巨大な扉が見えてきた。

俺たちが近づいたところ、手を触れることなく開き、強い光が部屋の中から漏れてくる。

眩《くら》むような明るさに手をかざし、部屋の中央を見ると、剣が台座に刺さっていた。

剣の周りにはうっすらと靄《もや》がかかっていたのだが、俺たちが入ってきた扉から煙がスウッと抜けていき、俺たちが近づいていくとはっきりとその姿を現した。

剣の先端は台座に刺さって確認できないが、見慣れた取っ手や柄《つか》のデザインが見えたとき、思わず「そういうことか」と声が漏れた。

「アケノ、あの剣は……」

「イツキ。あの剣はお前が召喚して使っている、あの剣に似ていないか?」

「ああ、二人の言うとおりで間違いないと思う……」

ティナさんも赤髪も剣の正体に気がついたようだ。

二人でさえ気がついたのだから、何度も使ってきた俺が間違えるはずがない。台座に刺さっているあの剣は、間違いなく聖剣の本体だった。

魔剣にも本体があったのだから、同じように聖剣にも本体がどこかにあることは想像していたのだが、まさかそれが王宮の地下にあるとは思わなかった。

いや、『勇者』である赤髪が「呼ばれている」と言った時点で、なんとなく想像してはいた。

本物の聖剣を目の当たりにしても心の動揺がほとんどなかったのは、そういうことだろう。

「それで、ユータ……どうするんだ？」

「さあ、な。この部屋に入った瞬間に、さっきまでの声が嘘のように消えたからな。抜くべきだとは思うが……あれが聖剣なら、俺じゃなくてイツキが持つべきなのかもしれないな」

赤髪は、ついさっきまで苦しめられていた『託宣』による声が聞こえなくなったらしい。まだ体力が全回復したわけではなさそうだが、顔色はかなり元に戻っている。

これならば、俺が肩で支えてやる必要はないだろうということで、俺は赤髪から離れて聖剣の方へ近づく。

一瞬だけよろめいたものの、自分でバランスを取って立った赤髪の様子を見て安心して、再び聖剣を見ると、ティナさんが慌《あわ》てた口調で突然叫《さけ》んだ。

「二人とも、気をつけてください！　何かいます！」

まさか魔物が侵入したのか？

だが、この部屋につながる扉は俺たちの真後ろにある一つだけだし、後にも先にも、この部屋に誰かが侵入した気配は感じなかった。

いくら俺たちが満身創痍《まんしんそうい》に近い状態であるとはいえ、潜伏していた敵を見逃すとは思えないし、敵の侵入に気づかないということも考えにくい……

だが、ティナさんの言うとおり、聖剣の周りには何か……不思議な気配のようなものを感じる。

人や魔物の姿は確認できない。だがそこには確かに何かが存在する。

気配の感じ方からして、明らかに人間ではない。かといって、魔物の気配ともまた質が違う。

邪悪な感じはなく、むしろ透《す》き通った水のような……

その何かは、俺たちに敵意を向けるでもなく、まるで俺たちのことを迎え入れるかのように、優しい雰囲気《ふんいき》を醸《かも》し出している。

最初はかすかに感じる程度だったその存在感は、時間が経つごとに少しずつ強くなっていき、十秒ほどかけて、何もない場所に人の姿が幻視《げんし》できるほどになったところで、変化が止まる。

　そして、次の瞬間——赤髪の脳内だけでなく、俺の耳にも聞こえる声で、その存在が突然語り出した。

「『勇者』と『賢者』と『魔剣《ぶき》を運ぶ者』よ。よくぞ来てくれました！　ずっとずっと、みなさんが来るのを、心待ちにしていましたよ！」

　この、機械音声にも似た不思議な声は、どこかで聞いたことがある声だった。

　どこで聞いたのか……召喚される前の世界で聞いた声ではないと思う。これだけ特徴のある声だから、普通の状況で聞いていたら、まず忘れることはないだろう。

　だから多分、不思議なことが起きても違和感を覚えないような、こちらの世界に来てから聞いた声だと思うのだが……

　しかし、聖剣を使っていたときの「正義」を叫《さけ》ぶ声とも違う。

　あのときの声は、どちらかというと俺自身の声に近かったから、聖剣自身の声ではなかったということなのだろうが……

「さて、お顔を見るに、状況がよく分かっていないようですね。まずは自己紹介をしましょう。私は『聖剣』です。ここに突き刺さっている『聖剣』の意思が顕現《けんげん》したものと考えてもらっても大丈夫ですよ！　ちなみに『勇者』に『託宣』を送ることも私の仕事です。なので、あなたたちをここに呼び寄せたのは、実質的に私ということになりますね！」

「そうか、やはり俺の頭に語りかけてきたのは、お前だったのか。それで、俺たちを呼び出した理由は何だ？　あのときの声は『危機が迫っている』とかだったはずだが！」

「『勇者』、危機というのは他でもありません、つい先ほど、『魔王』が人間界に侵入したことです。今のあなたたちでは、『魔王』に勝つことはできません。なのであなたたちは、『勇者』は聖剣を抜き、賢者は『魔剣』を手にすることで、ともに『真の力』を目覚めさせる必要があるのです！」

聖剣はそこで一呼吸置いてから、俺に向けて再び話し出した。

「ということで『魔剣を運ぶ者』よ、あなたが背負うその魔剣の封印を解き、『賢者』に手渡してくださいますか？　そして『勇者』よ。あなたは、この台座に刺さる私を抜き、そして私を『所有』してください！」

どうやら聖剣は、俺がこの場に魔剣を持ってきていることもとっくに気づいているらしい。

軽々しく魔剣を手渡すことで、あのときの鬼のように暴走しないかが心配だったが……しかしここで「嫌だ」と言って断ることができるほど、空気を読まないスキルがあるわけでもない。

聖剣のことを完全に信用したわけではないが、必要以上に疑うのも問題がある。

そう思い、俺は背負っていた袋から木箱を取り出して床に置き、その蓋を開けると、布で巻きつけられた魔剣が姿を現した。それと同時に――予想していたことではあるが――

魔剣の真上に気配が突然現れて、当然のように話し出した。

「やあ、聖剣《そっちの》から話は聞いているかな？　俺は『魔剣』。正確には『魔剣』の意思で、本体は今もこうして封印されてるそっちの剣だ。まあ、よろしくな！」

魔剣の声は、聖剣とはまた違った意味で独特《どくとく》だった。ただ、こっちは聖剣の声とは違って聞き覚えはなく、代わりにティナさんが「あなたの声、どこかで……」と言っていた。

聖剣は、今すぐ自分たちを装備しろとせかしてくるが、魔剣を取ろうとするティナさんの手を掴んで止めた。そして、聖剣に近づこうとする赤髪にも「ユータ、少し待ってくれ」と頼み、俺は聖剣と魔剣に話しかけることにした。

「その前に、お前ら……聖剣と魔剣に聞いておかなくてはいけないことがある。質問に答えてくれるか？」

「もちろんですよ、『洗浄の者』。聞きたいこととは、何ですか？」

魔剣を手放したら、俺の役割は皿洗いに降格《こうかく》したということか。

厳密《げんみつ》には、今ならまだ聖剣を召喚できる能力は持っているはずだが、おそらくこれは赤髪が聖剣を所有した瞬間に消えるのだろう。

まあ、それはある意味仕方がないことなのかもしれないが……俺が聞きたいのはそっちではない。

「俺は以前、魔剣を握った魔物が暴走するのを見たことがある。俺自身も何度も召喚してきたから、聖剣《ぶ》／魔剣《き》を使うリスクについては軽視《けいし》することができない。ユータやティナさんが剣を所有して、暴走しないという保証はあるのか？」

俺が問いかけると、聖剣と魔剣はすぐには返事をせずに、アイコンタクトを交わすような身ぶりをし、聖剣の方からゆっくりと口を開いた。

「暴走のリスクは……かなり低いですよ。そもそも『洗浄の者』が聖剣や魔剣から影響を受けるのは、勇者でも賢者でもない者が聖剣《ぶ》／魔剣《き》を手にした副作用に近いのです」

「『聖剣』の言うとおりだぜ！　『勇者』も『賢者』も、聖剣と魔剣を使用する本来のギフトだからな！　影響がないとは言わないが、『洗浄の者《おまえ》』や魔物と比べると、かなり軽微《けいび》になるはずだぜ！」

二人……というか、二振りの間で、何らかの意思疎通《いしそつう》があったような気もするが、こいつらが俺たち《おれたち》を騙《だま》す理由も思いつかないし、話を聞いている限り嘘をついている感じではない。

大人が子供を説得するために口裏を合わせている……そんな雰囲気《ふんいき》を感じる。

聖剣と魔剣が答え終わっても、ティナさんと赤髪は黙っている。ティナさんは一度聖剣を使ったことがあるらしいから、その危険性を分かっているのかもしれない。だが、それでも直接使ったのは一度だけらしいから、細かいところまでは分からないだろう。赤髪に至っては聖剣も魔剣も、握ったことはないはずだ。

どうやら二人はそのあたりのことを自覚していて、二振りとの会話を俺に一任しているようだ。

「軽減《けいげん》されると言っても、影響はあるんだよな。本当に聖剣や魔剣を使う必要があるのか？　強い力は得られるかもしれないが……」

「『洗浄の者』が心配する気持ちもわかります。ですが……」

「そうだぜ！　さっきお前たちが戦ったあの変な魔物よりも、魔王はもっともっと強いんだぜ！　あれも魔物の中では強力だったとはいえ、本当の魔王ではなかったからな！」

「『魔剣』の言うとおりです。今の状態のあなたたちの力では、奇跡が起きたとしても本当の魔王には勝てないでしょうね」

「本当の魔王はそこまで強力なのか……」

俺の呟《つぶや》きに対して、聖剣と魔剣の二振りは「その通りです。今のままでは勝てません」とか「このままだと何もせずに滅びるぜ」とか言って、説得しようとする。

意思を持って言葉を話すとはいえ、ただの剣でしかないはずの二振りにここまで言われて腹が立たないわけではない。

だが、聖剣と魔剣が言うことが間違っていないのも事実で、俺たちはあの魔王ではない魔物ですらかなりきわどい戦いになっていた。本当の魔王が来たとき、今のままでは勝てるとは思えない……

俺が反論できずに黙っていると、次は赤髪が二振りに向かって話しかけた。

「俺からも、お前たちに聞きたいことがある。もし俺が、その『聖剣』を手にしたとき……イツキの聖剣《ぶき》はどうなるんだ？　イツキが聖剣を召喚している間は、俺の手元から消えるのか？」

「ユータ、それは……」

魔剣が抜かれたとき、俺は魔剣を召喚できなくなった。

だからきっと、赤髪が聖剣を抜いたとき、俺は聖剣を使えなくなるのだろう。

俺にとっては当たり前のことだったが、そういえば赤髪にその説明をしたことがなかったな。

そう思って頭の中で言葉を纏《まと》めようとすると、それよりも先に聖剣の方が話しはじめた。

「そうですね。『洗浄の者』はすでに『魔剣』のときに経験しているので分かっていることだと思いますが、誰か……つまり、『勇者』であるあなたが聖剣を所有した時点で、彼は聖剣《わたし》を召喚することができなくなります」

赤髪は、「そうなのか？」と言って、俺を見つめる。俺は「おそらくな……」と首を縦に振りながら答えた。

「だとしたら、俺が聖剣を手にして強力な力を手に入れたとしても、イツキという戦力が抜けて、結果的に低下する可能性もあるんじゃないのか？」

「それは……確かに。聖剣《わたし》を使い慣れている『洗浄の者』が戦力から外れた時点で一時的に、総合力が弱体化する可能性は、あります。ですが、魔王という個体との戦いで重要なのは、全体の戦力よりも、むしろ突出した個人の能力です。『勇者』が『聖剣』を持つことで、初めて『魔王』と戦える水準《すいじゅん》に至るのです」

「そうだぜ。『洗浄の者』は、言ってしまえば、今の状態が限界値だ。だが、正規の持ち主である『勇者』や『賢者』が聖剣《おれたち》／魔剣を使えば、その限界を超えられる」

「そうか……」

赤髪は、自分がさらに強くなれるという話を聞いても素直に喜ばず、むしろどこか悔しそうな……複雑な顔をして黙り込んだ。

こいつが俺と一緒に、横に並んで戦うことをどこかで望んでいた……なんて考えるのは、さすがに青春っぽすぎる気もするが……

赤髪が黙ってしまったのを見て、ティナさんも続けて質問した。

「念のために、聞いておきます。アケノが……私たちが剣を持つことでアケノが剣の力を失っても、それ以外の力は、そのままなのですよね？」

「それ以外……というのは、召喚時に特典で得た『洗浄』の力のことですか？　それならご安心ください。彼が失うのは、聖剣の召喚に関する『権利』だけです。元々持っていたものも、この世界で獲得したものも、何も失うことはありませんよ」

「そうですか、分かりました……アケノ！　私はその『魔剣』を手にします。私に、その『魔剣』を譲ってくれますか？　……その代わりに私は、あなたにこれを差しあげます」

　ティナさんは、俺に向かってそう言って、細長く黒い棒を差し出した。

　それを見て赤髪は「だったら俺はこれを……」と言って、背に担《かつ》いでいたソラワリを外して、俺に手渡す。

「ユータ、いいのか？　これは言わば、勇者の剣だろ？」

「そうかもしれないな。確かにその剣は、勇者が持つに相応《ふさわ》しい剣ではある。だが、賢者がコトワリを差し出したのに、勇者である俺がソラワリ《これ》を出し渋《しぶ》るわけにはいかないからな！」

「コトワリ？　あの棒は、コトワリというのか」

　赤髪は、ティナさんが持っている木の棒《コトワリ》のことを、何か知っているらしい。

　話し方や、その名前からして、おそらくソラワリと同等の価値を持った宝具なのだろう。

「アケノ、これは、赤髪の勇者が言っていたとおり、コトワリという名の道具です。いまだに使い方すら分からないのですが、封印は八割以上解けています。残りは、アケノ。あなたに任せますね」

　ソラワリはある程度使い慣れているのだが、コトワリの方は持っても違和感がある。

　腰に差すと戦いの邪魔になりそうだから、ソラワリとコトワリをそれぞれ両手に握る、二刀流で戦うことにしようか。

下手なことをするとむしろ弱くなりそうな気もするが……よく考えたら、これからの主力は勇者《ユータ》と賢者《ティナさん》の二人なのだから、俺がどうなろうがあまり関係ないのか。

要するに、赤髪とティナさんが俺にそれぞれの武器を託《たく》したのは、信頼の証《あかし》であると同時に、これ以上は戦いについていけない俺が、荷物持ちに降格したことも意味しているのだろう。

もちろん、二人はそんなこと考えてもいないだろうが……

戦いに参加できなくなりそうだという申し訳なさと、危険な戦いから離れることができるという安心感……そして、そんな感情を抱いてしまっていることに対する罪悪感。

言葉にできない複雑な感情を押し殺しながら、収まりの悪いソラワリとコトワリをもてあそんでいると、赤髪は俺から視線を外し、ゆっくり聖剣のもとへ歩いていった。

「それじゃあ、俺が先にやるか……」

「ユータ、気をつけろ。油断するなよ！」

「分かってる！」

赤髪が近づいていくと、聖剣はそれに呼応するように輝きを増していく。

目の前で立ち止まった赤髪に対して、聖剣の声がゆっくりと語りかけた。

「それでは『勇者』さん。聖剣を抜いてください！」

「そうさせてもらう……うわっ！」

赤髪が聖剣の柄《つか》を両手で掴んで持ち上げたら、聖剣は何の抵抗もなくするりと台座から抜け、そのまま赤髪の手の中に収まった。

封印が解けた聖剣から白い光があふれ、部屋全体を目が眩《くら》むばかりの光で照らす。

俺たちの目が徐々に明るさに慣れてきて、同時に聖剣の光も落ち着いてくるまでに十秒ほどが経過した。目をしばたたきながらまぶたをうっすら開ければ、赤髪の姿は聖剣の影響で大きく変わっていた。

背中には白く大きな翼が生えていて、皮膚の色は白くなっている。このあたりは俺が聖化したときとほとんど変わらないか……

だが、俺が聖化したときと違い、髪が金色に染まるわけではないようだ。それでもよく見ると、若干《じゃっかん》色が薄くなったように思えなくもない。

元々は深みのある紅色《べにいろ》だったのだが、今は宝石みたいに透《す》き通る、夕焼けのように鮮《あざ》やかな緋色《ひいろ》に輝いている。

「これが……聖剣の力か」

聖剣を両手で握る赤髪は、目に見えない誰かと会話をしている。

少し前には頭を抱えるほど苦しめられていた託宣が、聖剣を抜いた今は普通に聞こえるようになったということか。

正義の感情に押し潰《つぶ》されている様子は見られないから、ひとまず安心してもよさそうだ。

赤髪が無事に聖剣を台座から抜くのを確認した俺は、続いてティナさんに視線を向けた。

彼女は心配そうな顔をして、魔剣と俺の間で視線をうろうろさせている。

「ティナさん、大丈夫か？　不安なら無理をするな……と、言いたいところだが。代われるなら代わってもいいんだが、賢者以外が持つと暴走する可能性が高いらしいし……いや待てよ？　とりあえず戦いはユータに任せることにして、ティナさんが魔剣を持つのは保留にするっていう手もあるんじゃ……」

「いえ、その心配は無用です。私も剣を握ります。彼一人に任せるわけにはいきませんから！」

「そうか……何度も言うようだけど、気をつけて。気をつけてどうにかなるのかも分からないけど……」

俺が何度も「気をつけて」と言うと、ティナさんは覚悟を決めて、魔剣のしまわれた箱を横に向けて、その正面に座った。

直接触れないように気をつけながら、何重にも巻きつけられた布を解いて、剣を剥《む》き出しにしていく。

「これが、魔剣……なのですね」

「ああ、そうだぜ！　さあ、ひと思いに魔剣《おれ》を掴みな！」

「そうさせて……もらいます！」

布を剥《は》がしている途中で魔剣から聞こえてきた声に荒っぽく答えたティナさんは、一度深呼吸をして勢いよくその持ち手を片手で掴んだ。

彼女の手が触れた瞬間、魔剣から黒い煙が勢いよく噴き出して、魔剣を包んでいた布が全て吹き飛ばされる。

そして同時にティナさんの姿が変化していった。

羊のような黒い巻き角に、獣のような爪に牙。

彼女の変化は、俺が魔化したときと似ていた。人間離れした姿になったとはいえ、あのときの鬼のように化け物にならなくて、よかった……

「ティナさん、どうだ？　苦しくないか？」

「ええ、思ったよりも楽ですね……どちらかというと、賢者として欠けていた部分が埋まったような。むしろ収まりがいいぐらいですよ」

「そうなのか……」

赤髪もティナさんも、湧《わ》き上がる衝動を抑え込んでいた俺とは違って、聖剣と魔剣を受け入れることができたらしい。聖剣と魔剣に受け入れられていると言った方が正確か。

俺が何十回と試《こころ》みる中でようやくできるようになった聖剣／魔剣《ぶき》の制御を、この二人はいともたやすくやってみせた。そんな様子を見て、やはり俺は物語の主人公にはなれなかったのだと改めて思い知らされる。

「これで俺は、お役御免《やくごめん》になったわけだ……やっぱり、無理だよな……」

気を抜いた瞬間に思わず本音が漏れてしまったが、どうやら俺の呟《つぶや》きは二人には聞こえなかったみたいだ。助かった……

やるまでもなく分かっていたことではあるが、右手を伸ばしても左手を伸ばしても、聖剣や魔剣を掴めそうな感触が全くない。

ただ、これから戦うことになる赤髪とティナさんの二人に余計な気を遣わせたくないから、強がりでも笑っておくことにしよう。

「二人とも……すごいな！　明らかに強くなっている！　もう、今の俺では……いや、これなら魔王にも勝てるんじゃないか？」

俺が、本音が八割ぐらいの感想を言うと、赤髪はまんざらでもなさそうな顔を浮かべたが、すぐに真剣な表情に戻して、俺の目を見て話した。

「イツキ、お前がそう言ってくれると、俺としても自信が持てる。ありがとう……これで俺たちは、魔王との戦いに挑む勇気を持つことができる！」

「魔王との戦い……託宣ってやつか？」

「ああ。『勇者』のギフト……いや、『聖剣』からの託宣によると、すでに本当の魔王は人間界に侵入し、密《ひそ》かに村をいくつも滅ぼしながら、中心であるこの場所に向かっている」

「アケノ、敵の目的はその剣とその杖……ソラワリとコトワリのようです。その二つを魔王に渡してはいけません。私と赤髪の勇者は、これから魔王と戦ってきます。アケノは、剣と杖を守り抜いてください！　……では行きましょうか、『勇者』」

「ああ、そうだな。イツキ、そういうわけで、人間界の守りとかそのあたりのことは任せたぞ！　行こう、『賢者』！」

赤髪とティナさんは、そう言い残して扉を開けて、地上に向かって並んで走り出した。

聖剣／魔剣《ぶき》を失った俺は、とっさに二人についていくことができず、しばらく固まって動けなかった。

一人だけ取り残されたことに、どうやら俺はすごくショックを受けたらしい……。だが、戦いは終わっていない。俺は俺でやれることをやり、二人やアカリ、シオリたちに胸を張れるよう、前を向いて頑張《がんば》っていくつもりだ――

あとがき

こんにちは、作者のみもももです。

この度は本作を手に取っていただき、ありがとうございます。


さて、小説の書き方というのは、作者によって様々です。

そして、こういうときに話題に上がるのが「プロットを書くか、書かないか」ということでしょう。綿密《めんみつ》な計画を立ててから執筆する人がいれば、筆の赴《おもむ》くままに仕上げてしまう人もいます。

私の場合は、作品によってプロットを書いたり書かなかったりと、ケースバイケースなのですが、当作ではプロットを作ってから作品を書き始めました。

とはいうものの、もしかしたら、一般的にイメージされるようなプロットの書き方とは違うかもしれません。そこで今回は、少しその話をしようと思います。

この作品を書くに当たって私は、まず第一に物語の理想的な流れを考えました。

魔剣と聖剣を手にしたイツキが、最終的にどうなっていてほしいのか。そのためには、何を倒し、何を乗り越えなければならないのか。

例えるなら、人生計画みたいなものですね。二十歳までに何をして、三十歳までにどうなっていたいのか。そして執筆もまた、人生とよく似ています。つまり、なかなか思い通りに進みません。自分で生み出したはずのキャラクターが、意図しない方向に動き出す。思い返せば作者自身の人生さえ、思うとおりにはいかないのだから、他人の人生をコントロールすることなど、できるはずもないのです。

仕方がないので、軌道修正《きどうしゅうせい》を図るべく、作者は神として彼らにあれこれと試練を与える。飴《あめ》と鞭《むち》を使い分けて主人公たちを誘導する。

にもかかわらず、彼らは自由気ままに道を見失い続け、作者ですら想像もしない場所へたどり着く。気づけばプロットから外れ、知らない景色が広がっている――。

振り返ると、そんなハプニングの連続でした。けれども、それこそが執筆の醍醐味《だいごみ》なのかもしれません。次に彼らはどこへ向かうのでしょうか。

そんな、作者ですら与《あずか》り知らぬ物語の行く末を、読者の皆様と共有できたなら、作家冥利《みょうり》に尽きるというものです。願わくば、皆様にとって楽しいひとときとならんことを。

それでは、叶うことならば、またどこかで会えることを祈って。

二〇二三年五月　みももも

「銀座編」大好評発売中！
累計660万部突破！
（電子含む）
ゲートSEASON1～2
大好評発売中！
コミックス
最新22巻
大好評発売中！
SEASON1　陸自編
単行本
文庫
漫画
漫画：竿尾悟
●本編1～5／外伝1～4／外伝+
●各定価：本体1,870円（10%税込）
●本編1～5〈各上・下〉／
外伝1～4〈各上・下〉／外伝+〈上・下〉
●各定価：本体660円（10%税込）
●1～22（以下、続刊）
●各定価：本体770円（10%税込）
SEASON2　海自編
単行本
文庫
最新5巻
〈上・下〉
大好評発売中！
●本編1～5
●各定価：本体1,870円（10%税込）
●本編1～5〈各上・下〉
●各定価：本体660円（10%税込）

大ヒット 異世界×自衛隊 ファンタジー！
ゲート0《ゼロ》
GATE:ZERO
自衛隊 銀座にて、斯く戦えり
〈前編〉
〈後編〉
柳内たくみ
Yanai Takumi
ゲート始まりの物語
「銀座事件」が小説化！
20XX 年、8 月某日――東京銀座に突如『門（ゲート）』が現れた。中からなだれ込んできたのは、醜悪な怪異と謎の軍勢。彼らは奇声と雄叫びを上げながら、人々を殺戮しはじめる。この事態に、政府も警察もマスコミも、誰もがなすすべもなく混乱するばかりだった。ただ、一人を除いて――これは、たまたま現場に居合わせたオタク自衛官が、たまたま人々を救い出し、たまたま英雄になっちゃうまでを描いた、７日間の壮絶な物語――
●各定価：1,870円（10％税込）　●Illustration：Daisuke Izuka
ゲート0 自衛隊 銀座にて、斯く戦えり 〈前編〉
ゲート0 自衛隊 銀座にて、斯く戦えり 〈後編〉
650万部！
自衛隊、ついに状況開始!!

アルファライト文庫

この作品に対する皆様のご意見・ご感想をお待ちしております。

おハガキ・お手紙は以下の宛先にお送りください。

【宛先】

〒150-6008 東京都渋谷区恵比寿 4-20-3 恵比寿ｶﾞｰﾃﾞﾝﾌﾟﾚｲｽﾀﾜｰ 8F
（株）アルファポリス　書籍感想係

メールフォームでのご意見・ご感想は右のＱＲコードから、
あるいは以下のワードで検索をかけてください。

アルファポリス　書籍の感想　検索

ご感想はこちらから

本書は、2021 年 7 月当社より単行本として
刊行されたものを文庫化したものです。

ギフト争奪戦《そうだつせん》に乗《の》り遅《おく》れたら、ラストワン賞《しょう》で最強《さいきょう》スキルを手《て》に入れた 3

みももも

2023年 5月 31日初版発行

文庫編集－中野大樹
編集長－太田鉄平
発行者－梶本雄介
発行所－株式会社アルファポリス
〒150-6008東京都渋谷区恵比寿4-20-3恵比寿ガーデンプレイスタワー8F
TEL 03-6277-1601（営業） 03-6277-1602（編集）
URL https://www.alphapolis.co.jp/
発売元－株式会社星雲社（共同出版社・流通責任出版社）
〒112-0005東京都文京区水道1-3-30
TEL 03-3868-3275
装丁・本文イラスト－寝巻ネルゾ
文庫デザイン—AFTERGLOW
（レーベルフォーマットデザイン－ansyyqdesign）
印刷－中央精版印刷株式会社

価格はカバーに表示されてあります。

落丁乱丁の場合はアルファポリスまでご連絡ください。

送料は小社負担でお取り替えします。


ISBN978-4-434-32017-0 C0193